TRADUÇÃO

Regina Simon da Silva
Miriam Cristine da Costa Souza
Luma Virgínia de Souza Medeiros
Maraysa Araújo Silva

A família do Comendador

Juana Manso

ÍNDICE

APRESENTAÇÃO DA TRADUÇÃO 7
Que bicho de quatro cabeças será?
REGINA SIMON DA SILVA

CAPÍTULOS

1	A Chácara de Botafogo	15
2	O noivo	21
3	Continuação do anterior	29
4	Retrato do interior	33
5	Nora e sogra	39
6	Revelações	47
7	Ernesto de Souza	55
8	Situações	61
9	A fugitiva	65
10	Desenvolve-se o drama	73
11	Marido e mulher	81
12	O Dr. Maurício	93

13	O pai e o filho	97
14	O Capelão e as Freiras	101
15	Espada e batina	107
16	A hora suprema	113
17	Conhecimentos novos	119
18	Fragilidade da vida	125
19	O homem propõe e Deus dispõe	133
20	Maquiavelismo monástico	139
21	Ernesto de Souza	143
22	Em que são narrados os últimos acontecimentos desta história verídica	151

POSFÁCIO

Mulheres livres e escravizadas em *La familia del Comendador* — 159
MARAYSA ARAÚJO SILVA
MIRIAM CRISTINE DA COSTA SOUZA

Juana Manso ou *Joanna Noronha*: uma mulher com muitos nomes — 167
LUMA VIRGÍNIA

APRESENTAÇÃO DA TRADUÇÃO
QUE BICHO DE QUATRO CABEÇAS SERÁ?

Regina Simon da Silva

Meu contato com os escritos de Juana Paula Manso de Noronha[1] (1819-1875) surgiu casualmente. Desde que me enveredei pelos caminhos da literatura escrita por mulheres no século XIX, percebi que um estudo conduz a outro, como se sempre houvesse uma mão feminina estendida, esperando para ser trazida a lume. Assim, vamos criando uma grande corrente, fazendo novas conexões e percebendo que ainda temos muito a dizer sobre as mulheres que nos antecederam. No meu caso, especificamente, foi pesquisando o relato de viagem da francesa Flora Tristán (1803-1844), *Peregrinações de uma pária* (1838), que eu a associei à brasileira Nísia Floresta (1810-1885) devido às similitudes presentes na vida de ambas, e por meio de uma notícia sobre esta última, publicada no *Jornal das Senhoras* (1852), fui arrebatada pela retórica da argentina Juana Manso nesse periódico e, em seguida, pelos romances escritos por ela.

É senso comum dizer que as mulheres, no passado, estavam restritas à vida privada e subordinadas ao sistema pa-

---
1 A partir de agora Juana Manso ou simplesmente Manso.

triarcal que as mantinham submissas; mas houve e sempre haverá mulheres questionadoras, contrárias a essa condição, em todas as épocas e lugares. Entre essas grandes figuras encontra-se Juana Manso, tradutora, jornalista, poeta, educadora, atriz, dramaturga e escritora, mas acima de tudo, mulher.

Juana Manso era filha de Teodora Cuenca e José María Manso, este, integrante da Revolução de Maio e membro do governo de Bernardino Rivadavia, cuja atuação pelo partido Unitário obrigou a família a deixar a Argentina durante a ditadura de Juan Manuel de Rosas, Federalista, e buscar refúgio no Uruguai e, posteriormente, no Brasil. No Rio de Janeiro, Manso casou-se com o músico português Francisco de Sá Noronha e desenvolveu grande parte de sua produção intelectual como jornalista, sendo fundadora e redatora do *Jornal das Senhoras*, além de atuar como atriz e dramaturga.

A vida de Juana Manso por si só seria digna de um folhetim. Porém, ao contrário do tom intimista utilizado por muitas de suas contemporâneas, Manso preocupou-se em falar sobre suas impressões e teceu críticas à sociedade da época, reivindicando direitos para a mulher, principalmente à educação e à emancipação moral da mulher. Questões políticas denunciando a ditadura de Rosas são amplamente discutidas no romance *Misterios del Plata* (1852), publicado no Brasil, em forma de folhetim, no *Jornal das Senhoras*; já em seu romance *La familia del Comendador* (1854), de cunho social publicado na Argentina, Manso expõe as mazelas dos negros escravizados no Brasil, o que me despertou o desejo de traduzi-lo assim que tive o primeiro contato com a obra. Sua leitura me conquistou e, simultaneamente, provocou-me uma inquietação: como uma obra que retrata o Brasil no tempo do Império, que critica a sociedade escravista e a Igreja Católica, continua desconhecida pelos brasileiros? Não seria a hora de inscrevê-la no espaço para o qual ela foi pensada? Segundo Geir Campos, ao comentar sobre como obter um bom resultado de uma tradução, ele parte do princípio de que "o tradutor deve sentir-se de algum modo atraído ou motivado, ou pelo autor, ou pela cultura do lugar a que se refere o texto a traduzir"

(2004, p. 71), condições que eu satisfazia plenamente, pois estava bastante motivada. Porém, concordo com a ressalva que o autor apresenta: "nem a mais perfeita das traduções poderá jamais igualar o texto original com todos os recursos expressivos da língua ao dispor do seu autor no momento em que o escreveu"[2] (CAMPOS, 2004, p. 71).

Diante disso, a primeira preocupação foi definir qual edição utilizar na tradução. Como se trata de uma obra de domínio público, existem várias versões em arquivo digital disponibilizadas na internet. Além disso, em 2006, o romance foi reeditado na Argentina pelas Editoras Colihue e Biblioteca Nacional, fazendo parte da coleção "Los Raros"[3], sendo publicado com prólogo de Lidia F. Lewkowicz. Porém, essas facilidades de acesso ao texto não me atraíram, pois eu queria partir da obra publicada em 1854, sob os olhos de sua criadora;[4] eu precisava sentir sua presença quando o escreveu, conhecer os detalhes da edição e me aproximar dos recursos expressivos de que dispunha a autora, como sugere Campos (2004).

Uma vez definida essa questão, durante o meu estágio Pós-doutoral, dedicado a investigar a escritora Juana Manso, passei três meses na Argentina fazendo um levantamento nas principais bibliotecas. Encontrei um único exemplar na "Biblioteca Augusto Raúl Cortázar", da Faculdade de Filosofia e Letras, onde obtive autorização para fotografar o livro.

Ao retornar às atividades na Universidade Federal do Rio Grande do Norte (UFRN), em 2019, onde atuo como professora Associada de Literatura Hispano-americana, submeti um projeto de Iniciação Científica intitulado *O Jornal das Senhoras e Álbum de Señoritas: a imprensa feminina de Juana Paula Manso*", com o propósito de seguir investigando a vida e obra dessa mulher surpreendente e de divulgá-la entre novos pesquisadores, tendo a tradução como um dos objetivos

---

2   CAMPOS, Geir. *O que é tradução*. São Paulo: Brasiliense, 2004.
3   MANSO, Juana Paula. *La familia del Comendador y otros textos*. Prólogo de Lidia F. Lewkowicz. Buenos Aires: Colihue/Biblioteca Nacional de la República Argentina, 2006.
4   Essa escolha pelo original foi importantíssima, pois encontrei dois parágrafos inteiros suprimidos nas outras versões que foram devidamente identificados na tradução nas notas de rodapé.

principais. Porém, percebemos – no plural, porque incluo aqui as alunas do Curso de Letras Espanhol, Miriam Cristine da Costa Souza, Luma Virgínia de Souza Medeiros e Maraysa Araújo Silva, bolsistas Pibic-UFRN que atuaram no projeto – que o tempo de que dispúnhamos em nossas reuniões não era suficiente para a execução da tarefa e que antes de dar início à tradução seria necessário estudar a obra, assim como sua autora.

Dessa forma, a tradução só teve início em fevereiro de 2021, quando estava prevista minha Licença para Capacitação, e um novo projeto foi apresentado – desta vez voltado exclusivamente para a tradução de *La familia del Comendador*. As alunas ficaram eufóricas com a proposta e, assim, dividimos os capítulos que eram traduzidos individualmente e repassados para que eu fizesse a leitura e os ajustes necessários. Após essa etapa, passamos a nos encontrar – virtualmente devido à pandemia da COVID-19 – para realizar uma leitura em voz alta com o intuito de ajustar as vozes. Ou seja, eu lia e a equipe fazia as considerações necessárias. Essa prática, essencial porque a tradução estava sendo feita a quatro cabeças, é recomendada por Campos no exercício da tradução: "A leitura em voz alta pode e deve ser ouvida por outras pessoas, ainda que leigas no assunto, e o tradutor fará bem em aceitar quaisquer sugestões de quem o escute ler" (2004, p. 55). Como resultado, os pontos obscuros que requeriam uma pesquisa mais avançada eram marcados para verificação. Algumas vezes foi necessária a ajuda de generosos amigos para a solução de problemas, como Laura Sánchez, a quem especialmente agradeço.

Para minha surpresa, enquanto realizávamos o trabalho, recebi uma proposta da Editora Pinard para traduzir justamente *La familia del Comendador*. Creio que Manso, esteja onde estiver, tenha conspirado para esse encontro e, finalmente, sua obra deixará o silêncio de 167 anos para juntar-se ao romance Úrsula (1859), da maranhense Maria Firmina dos Reis, considerado o primeiro romance escrito por uma mulher no Brasil, como pioneiras na representação dos negros escravizados e do racismo na literatura brasileira.

Considero importante esclarecer, nesta apresentação, algumas decisões que foram tomadas durante a tradução com o intuito de orientar os leitores. Como a obra foi traduzida do original[5], ou seja, da fonte direta, foram mantidas marcas da autora como, por exemplo, as letras maiúsculas em algumas palavras. A princípio, são desnecessárias; mas Manso assim as idealizou, então permaneceram. O mesmo ocorreu com os itálicos. A pontuação teve de ser adaptada em função, principalmente, de o texto original separar o sujeito do predicado com uma vírgula, e pelo fato de ser um texto muito antigo em que se percebe uma inconstância na linguagem – além de se tratar de outra língua, com regras distintas. Frases, às vezes, incompreensíveis ou aparentemente sem sentido foram traduzidas literalmente, sem tentar adivinhar o seu significado, deixando o texto similar ao original, pela proximidade entre as línguas. Alguns personagens tiveram seus nomes traduzidos para o português, uma vez que a obra tem sua história ambientada no Brasil e não era comum nomes estrangeiros entre os brasileiros na época em que os fatos ocorreram. Assim, os personagens Juan, Mariquita, Alejandro e Margarita foram traduzidos para João, Mariquinha, Alexandre e Margarida, respectivamente.

A família do Comendador[6] é um presente de Manso para o Brasil, que chega com mais de um século de atraso, mas que mantém o frescor das imagens gravadas na memória dessa exilada no momento de seu retorno à pátria-mãe. O leitor de hoje que recebe esse mimo tem dois prazeres: por um lado,

---

5 MANSO, Juana Paula de Noronha. *La família del Comendador*: novela original. Buenos Ayres: Imprenta de J. A. Bernheim, 1854.

6 Em 1853 Manso já demonstrava interesse em divulgar a obra no Brasil, e publicou no jornal *A Imprensa*, um folhetim intitulado *A família do Commendador*, assinado por Joanna Paula Manso de Noronha com os seguintes capítulos: Capítulo I "A família" (15 de janeiro); Capítulo II "Explicações" (30 de janeiro); Capítulo III "Henrique" (6 de fevereiro); Capítulo IV "Conflito de família" (13 de fevereiro) e "Continuação do Capítulo IV" (27 de fevereiro). Porém, a história contida nesses capítulos é diferente da obra publicada na Argentina, como é possível ver pelos títulos dos capítulos. Disponível em: <http://bndigital.bn.gov.br/hemeroteca-digital/>. Acesso em: 12 ago. 2021.

percorre paisagens marcantes do Rio de Janeiro, como a Rua do Ouvidor, a praia de Botafogo, o Saco do Alferes e as ladeiras de Santa Teresa, sempre guiado pelas mãos hábeis de uma narradora que retrata com sua pena uma natureza idílica, digna de uma aquarela tantas vezes pintada pelos viajantes que aqui estiveram; por outro, é convidado a adentrar nos recintos privados da família do Comendador e acompanhar os dramas que aí se desenrolam, sob a égide de um patriarcado que imprime o seu poder em nome da ganância, da hipocrisia, do ódio e do racismo, em que os negros escravizados são as maiores vítimas. Assim, o leitor destas páginas é instigado a viajar pelo Brasil do século XIX para descobrir

> ... si detrás
> De aquella negra cortina,
> Hay una ciudad divina,
> O un desierto sin verdor.

1.
A CHÁCARA DE BOTAFOGO[1]

A enseada que se estende entre o Pão de Açúcar e a Glória recebe o nome, no Rio de Janeiro[2], de Botafogo; e além de ser o centro da alta Sociedade, tanto nacional como estrangeira, é também um dos lugares mais pitorescos e mais adornados com as maravilhosas belezas da fértil natureza da terra de Santa Cruz.

A chácara onde iniciam as cenas do nosso romance estava localizada em uma pequena colina, que apesar de sua pouca elevação dominava, contudo, uma linda paisagem.

Vestida de uma robusta e verde vegetação tropical, a branca e rica casa assentada em seu topo parecia, vista de longe, uma grande pérola encravada em milhares de esmeraldas; das janelas que davam para o Oriente, via-se a vasta e rica Vila Imperial esparramando seus gigantes edifícios, nas suas numerosas ruas, no sopé de seus montes, e elevando as torres de suas Igrejas sobre os coloridos tetos de telhas; de um relance se abarcava a imensa baía, com sua eterna cadeia de montanhas, suas verdes ilhas, suas infinitas enseadas. A Serra dos Órgãos estendia ao longe sua negra cortina ao poente, e quase sobre a casa parecia curvar-se a colossal cabeça do Corcovado.

---

1 Todas as notas presentes na edição são de autoria das tradutoras.
2 **RIO DE JANEIRO:** Há vários momentos da narrativa em que Juana Manso usa apenas a palavra Janeiro para referir-se à cidade do Rio de Janeiro, mas, como isso não é comum no Brasil, nós optamos por usar o nome completo da cidade.

Essa casa da qual falamos, silenciosa e fechada, ocultando-se entre as imensas coroas da folhagem de suas bananeiras, de seus coqueiros e jasmins tropicais, é uma dessas habitações, que avistadas de longe por um viajante, em um dia de exaustiva excursão, lhe fazem suspirar por esse albergue desconhecido, que ali, no meio do silêncio e do calor de alguns graus, lhe fazem desejar o descanso do corpo e a paz de espírito, que parece simbolizar.

E, contudo, ali, justo no meio daquele sossego da natureza, a luta das paixões aborta seus dramas, desconhecidos do mundo, dramas cujo resultado, é um balaço na cabeça que uma família endinheirada chama de – acidente fatal –, um veneno que dão ou que se toma, e que provoca um derrame fulminante, uma congestão cerebral, nomes técnicos não faltam à inteligência... assim se faz e o segredo da verdade Deus o conhece e aqueles que choram um amor perdido; ou provam a amargura de um remorso que aflige o resto de seus dias.

Embora imperfeito, acreditamos ter dado ao leitor um breve esboço da casa a que agora vamos conduzi-lo. Cheguemos ao pé da colina, existe um pórtico de ferro, abramos, estamos já no caminho de pedra em forma de caracol que vai conduzir-nos à varanda, chegamos. Penetremos na primeira sala: é um elegante ambiente quadrado com grandes janelas à inglesa que dão para a fachada e lateral da casa, esse espaço está decorado com lindos e luxuosos móveis, a maior parte de jacarandá; um lindo piano Érard[3], ricos vasos de louça japonesa, cheios de flores perfumadas, tudo, enfim, anuncia que os donos daquela residência são pessoas que ocupam os primeiros escalões das hierarquias sociais.

E, de fato, o Comendador Gabriel das Neves era o dono e morador da bonita e pitoresca chácara de Botafogo.

Duas pessoas estavam nesse momento na sala. O Comendador e sua mulher.

---

3   ÉRARD: Sébastien Érard (1752-1831) foi um notório fabricante francês de instrumentos musicais, em especial de pianos e harpas.

O primeiro seria um homem de cerca de quarenta anos, baixinho, magrinho, e desses tipos de fisionomia infantil, que carregam os traços da infância até a velhice e nunca parecem velhos. Essa figurinha elegante, perfumada a âmbar, e que era sempre um dos mais assíduos bailarinos de toda a sociedade, é o Comendador em questão.

Frívolo e leviano, afetos profundos lhe são desconhecidos, nunca soube o que era ter vontade própria; sempre foi levado pelo prazer, pelo amor, e com exceção de seus grandes olhos negros, de seus sedosos bigodinhos e de seus belos cabelos castanhos, pouco lhe importava o resto. Casou-se com sua prima Carolina, porque sua mãe assim o ordenou, e ele obedeceu, reservando-se o direito de seduzir as mucamas de sua mulher e a todas as jovens de sua fazenda que cruzavam o seu caminho; desses inocentes passatempos resultavam sempre ora uma infeliz mulatinha, morta a chicotadas por ordem de sua ama, ora uma negrinha grávida vendida para alguma Província distante etc., etc.

A mulher do Comendador era uma Senhora quase da mesma idade de seu marido: mas de feições e expressão muito diferentes.

Dona Carolina era morena, seus cabelos eram negros, seus olhos tinham a mesma cor, coroados de longos cílios e grossas sobrancelhas; mandava só com um olhar e sua palavra era rápida, assim como sua voz rouca e vigorosa. Era baixa e magra como seu marido, mas nada delicada, bastava vê-la uma única vez para compreender sua força de vontade e o fogo das paixões adormecidas no fundo de sua alma ardente e impetuosa.

No momento em que introduzimos o leitor no salão de nossos dois personagens, o Comendador acabava de chegar da cidade e mostrava à sua mulher diferentes joias que lhe trazia, depois que esgotaram os elogios às joias e outros assuntos de pouco interesse o Comendador acrescentou.

—Ah! Também estive na casa da mamãe; valha-me Deus que gorda está aquela boa senhora, hoje estava muito ocupada.

—Sim, – respondeu D. Carolina sem interromper o Crochê que estava tecendo –, e o que fazia?

—Acabavam de surrar a Damiana, tu sabes a vendedora de doces, e estavam dando palmadas em Antônia Mina, porque não deu corretamente as contas dos biscoitos.

—Que canalhas de negras; não se pode descuidar com elas! Pobre da minha sogra, que luta ela tem com essas miseráveis!

—Mas filha, também é muita teimosia da mamãe ficar quebrando a cabeça com as escravas, podendo empregar esse dinheiro em fazendas que não lhe dariam trabalho algum.

—Ora, deixa disso: dá-lhes um aperto às negras e com o dinheiro arrecadado dos doces se vão comprando casas.

—Assim será, mas tu sabes que mamãe tem umas ideias singulares!

—Sobre o quê?

—Vós não o adivinhais? Hoje ela me deu um longo sermão.

—Era só o que me faltava, eu agora vou ter que aguentar isso? Por acaso eu vou à casa dela pra me intrometer com seus subordinados?

—É claro que ela fez muito mal... mas quem vai dizer isso a ela? Está aborrecida porque levamos as meninas ao baile do cassino, disse que de repente vão se apaixonar por algum estudante, que talvez não tenha dinheiro, e que mais tarde lamentaremos.

—A culpa é tua, por que levas as meninas?

—Essa é boa! Porque tendo filhas moças não as deixarei trancadas, como fazem os idiotas dos portugueses.

—Pois como tua mãe tem razão, tratemos de casá-las, principalmente a Gabriela que já cumpriu quinze anos.

—É a opinião de mamãe; mas imaginas tu de quem ela se lembrou?

—Quer que eu adivinhe? Não sou bruxa.

—Vou dizer-te, mas não te assustes: o namorado que ela quer dar a Gabriela não é outro senão meu irmão João!

Aqui Dona Carolina deu uma alta gargalhada e depois de esgotar sua risada em que seu marido a acompanhava, ao ritmo dos sacolejos de sua cadeira de braço, disse ela:

—Tua mãe tem razão; tu e teu irmão são os únicos herdeiros, Gabriela casando-se com ele, tudo será nosso desde agora, porque tu administrarás os bens de teu genro.

—Sim, de fato, porque a demência dele é incurável.

—Pois então, e em um caso como este, o dote da noiva corresponde ao noivo.

—Acho que sim; – disse o Comendador com certo risinho – louco e cinquentão!

—Que fortuna para nossa filha! (exclamou a mãe).

2.
O NOIVO

Esse louco cinquentão de que falavam o Comendador e sua mulher, considerando sua aliança como uma felicidade para sua filha, era, como já sabemos, irmão do Comendador.

Dom João das Neves era o primogênito da família. Ainda muito jovem enviaram-no à universidade de Coimbra, e quando concluiu seus estudos foi apresentado à Sociedade de Lisboa; depois viajou pela Europa.

Percorreu a Espanha, a Bélgica, a França, a Holanda, a Alemanha e finalmente a Inglaterra.

Havia desejado fixar sua residência por algum tempo neste último ponto, com o intuito de estudar o idioma e dedicar-se aos conhecimentos da agricultura e das diferentes máquinas utilizadas naquele tempo, no cultivo da terra.

Como representante de uma das famílias mais ricas do Brasil, ele tinha ordem de sua família para estabelecer correspondentes para expandir o comércio de exportação de açúcar e café dos diferentes engenhos que possuíam.

Dom João frequentava diversas casas, e como era rico, jovem e bom rapaz, era bem recebido em todos os lugares.

Por isso, não demorou em fazer amizades íntimas e, finalmente, acabou apaixonando-se por uma das jovens com quem se encontrava mais frequentemente na sociedade.

Ele amou e foi amado! Esse sentimento puro e virtuoso de um amor honesto encheu de encantos a vida daquele jovem, que era por caráter, de natureza melancólica; que cresceu fora da casa paterna, e que passou os melhores dias de sua vida concentrado em si mesmo.

Quando encontrou um coração que dividiu com ele, dores e alegrias, Dom João sentiu que preenchia o vazio que até então fazia tão árida a sua existência. Essas duas jovens almas, virgens de paixões impuras, uniram-se tão estreitamente, que se tornaram uma.

Os olhares de ambos não iam mais longe que o horizonte límpido e sereno de sua mútua ternura.

Nessa doce quietude foram surpreendidos por uma carta da mãe de Dom João, ordenando-lhe que voltasse imediatamente para o Rio de Janeiro: seu pai tinha morrido e ele devia ir para tomar frente nos negócios da sua casa.

Eram dois golpes ao mesmo tempo; seu pai que tinha um caráter brando e humano era o amigo da infância de dom João; era a única pessoa de quem havia se separado com pesar quando saiu de casa, e era justamente a perda irreparável desse amigo, que vinha arrancá-lo da atmosfera de amor e felicidade em que vivia, para mergulhá-lo nos horrores do materialismo e no repugnante manejo de centenas de escravos.

Uma das dores mais amargas que pode ferir o coração humano é a separação dos que se ama! Quebrar os doces hábitos de uma existência tranquila, para interpor entre os dois, mares imensos, pessoas e povos estranhos!

O tempo segue imperturbável o seu curso, os dias, as horas, os meses, os anos se sucedem; entretanto esses rostos amigos que nos rodeavam estão velados pelo denso sofrimento da ausência, essa voz querida que também sabia o caminho de nosso coração, perdeu-se no espaço, como uma nota errante de uma melodia longínqua... essas existências se dividiram, perderam-se no deserto da multidão indiferente, sem mais consolo do que as pálidas memórias de um passado que nada pode fazer reviver!... Esses olhos que vagam distraídos e fadigados, já não trocarão longos olhares de amor, essas mãos já não se tocarão como a linguagem eloquente e sincera do coração! Esses pobres corações órfãos já não baterão lado a lado novamente!...

É preciso dizer adeus! Quantas dores nos custa às vezes um pouco de ouro, ou uma sombra vã e fugaz a que chamamos glória!

Dom João quis casar-se com Emília (era o nome de sua amada), mas o pai desta era um virtuoso e excelente pároco protestante; falou aos jovens a linguagem simples e sagrada do dever, lembrou a D. João que ele devia obediência a sua mãe e que antes de tomar uma decisão ele deveria consultá-la, porque se ela consentisse seria para todos eles uma dupla satisfação, e se pelo contrário o desaprovava, era para se evitar um desagrado e um infortúnio, que era a inimizade entre uma mãe e seu filho.

O Dr. Smith exercia sobre sua família a santa e imponderável autoridade do carinho e da doçura, e como não falava outra linguagem que não fosse a da razão e do dever, não violentava a natureza, por isso, em suas horas de angústia, ele sempre repetia aos amantes: deixai o futuro, porque está nas mãos de Deus; a convicção de cumprir agora vosso dever é a metade do prêmio por vossa obediência e resignação. Mais tarde, se a sorte vos for adversa, já tereis aprendido a vencer vossas paixões e qualquer sacrifício seria menos doloroso, porque superasteis o primeiro obstáculo e arrancasteis o primeiro espinho.

Os preparativos da viagem eram feitos, e o bom Dr. Smith com sua conversa piedosa e instrutiva, preparava o coração dos jovens para suportar a dor da separação.

No entanto, esse dia chegou: D. João e Emília trocaram suas Bíblias; era sobre elas que eles oravam e meditavam com frequência, principalmente Emília, acostumada a essa leitura desde a adolescência; o seu livro estava cheio de notas, de memórias, era o límpido cristal onde refletia toda a sua vida passada: aqueles anos transcorridos na alegre e limpa casinha do presbitério, ajudando a sua boa mãe nas tarefas domésticas, dividindo o seu tempo entre o estudo, o trabalho corporal, entre os pobres e a comunidade de seu bom pai.

Finalmente chegou o momento solene, Dom João entrou pela última vez naquela casa cuja fisionomia serena anunciava os hábitos calmos de seus moradores.

Essa noite tomou-se o chá em silêncio, era uma noite de inverno, bastante escura, e o vento soprava com violência; a lenha que queimava na lareira estalava e lançava suas faíscas brilhantes que caíam de novo entre as cinzas da fogueira. Havia essa gravidade silenciosa que indica a presença da dor moderada pela educação, e comedida pela religião!

Não sofrer! E quem pode não sofrer se este coração é feito de carne e não de aço, e são as lágrimas seu lenitivo natural?

Não chorar! Por quê? Será um crime? Oh! Não, é o tributo da frágil natureza humana!

Quando o relógio da lareira bateu dez horas, D. João se levantou e a família do presbitério o rodeou em silêncio! A despedida foi um abraço apertado e um choro entrecortado com murmúrios de adeus! Na manhã seguinte, D. João tomava o navio para o Rio de Janeiro.

A família do Dr. Smith suspirava ao ver a cadeira que deixara vazia seu jovem amigo; Emília enxugava uma lágrima com a ponta do seu avental, mas a dor não dominava sua vida, porque tinha uma fé cega na Providência.

Além disso, seus afazeres, seus estudos e a prática constante dos preceitos do divino Mestre, combatiam a dor de seu jovem coração.

E D. João? Esse, perdido na imensidão dos mares, lia o livro preferido de sua amada Emília, ou meditava em silêncio; curvando-se à onipotência do Criador que tantas maravilhas espalhou no universo.

Depois de quase dois meses de navegação, um dia gritaram *terra*, e D. João tornou a ver aquelas agrestes montanhas, cuja vista selvagem e grandiosa produz uma estranha sensação no viajante que:

Não sabe se atrás
Daquela negra cortina,
Existe uma cidade divina,
Ou um deserto sem verdor.

Dom João viu com amor essa sua terra, o ar pátrio reanimou um pouco sua tristeza.
 É tão doce esse nome Pátria! E chegar diante da terra onde já não somos estrangeiros! Ali onde a cada passo surge uma lembrança da infância, dos primeiros e únicos dias serenos da existência!
 Passados os primeiros transportes, o nosso viajante lembrou-se dos outros tristes quadros da escravidão que havia presenciado na infância, e prometeu a si mesmo que hoje, como primogênito, se fosse chamado para administrar os negócios, grandes vantagens e reformas poderiam ser introduzidas nos engenhos. Ele contava em aliviar o destino de seus escravos, e então dizia: se eles não me deixarem fazer o que eu penso, e se minha mãe me negar o seu consentimento para meu casamento com Emília, esperarei minha maior idade, já tenho vinte e quatro anos, esperarei um ano mais, a essa época eles me entregarão minha legítima paterna e poderei voltar à Inglaterra.
 D. João desembarcou, sua família estava em Macacu, no Engenho da Estrela do Sul, no mesmo instante se dirigiu à fazenda e foi recebido por todos com a novidade do recém-chegado: tinha saído um menino e voltava um homem.
 Transcorridos esses primeiros momentos de emoção, D. João se viu isolado no meio dos seus.
 Desde o dia seguinte à sua chegada, o canto lúgubre e monótono dos negros, que ao raiar do dia já saem ao campo para trabalhar, lembrou-lhe que esses homens, essas mulheres, essas crianças eram escravos, que iam regar a terra com o

seu suor, sendo que Deus os havia feito livres como a ele e um abuso cruel e feroz, atropelara essa liberdade, acorrentando-os a mais bárbara escravidão.

Nada tão oposto em aparência e costumes do que a modesta e pobre casa do Dr. Smith e o luxuoso engenho de Macacu.

Lá a prática simples da virtude, da caridade, do amor a seus semelhantes.

Aqui, a ausência absoluta de caridade, incompatível com a escravidão, a ausência da virtude que não se admite com a imoralidade de instituições viciosas. A crueldade e opressão em vez do amor a seus semelhantes.[4]

Dom João arriscou algumas observações, foi um escândalo para a família.

Falou de humanidade, responderam-lhe que os negros eram *animais*.

Em poucos dias, seu desacordo com a família era completo.

Então, falou com franqueza à sua mãe e disse-lhe que não assumiria a administração dos engenhos, se não o deixassem livre para fazer as melhorias que considerava necessárias.

Mandaram-lhe calar, e para desistir de suas convicções, os castigos foram mais frequentes.

Dom João pediu permissão para viajar novamente – sua mãe lhe negou. Então, ele revelou seus amores, seu compromisso, e pediu permissão para realizar seu casamento; ele ofereceu estabelecer em Londres um valioso comércio dos produtos de seus engenhos, e fazer tudo o que estivesse ao seu alcance para aumentar a riqueza da família.

Quando D. Maria das Neves ouviu a história do namoro de seu filho com uma *herege, filha de um padre casado*, sua ira foi tanta que se lançou sobre o jovem e o acertou com o chicote que levava sempre na mão. Dom João falava com lucidez, e ela dava golpes, então o rapaz exasperado, jurou que ao completar a maioridade, exigiria o que era seu e fugiria

---

[4] Comparando o original publicado por Juana Manso em 1854 com o arquivo digital que está em domínio público, identificamos a ausência total desse parágrafo. O mesmo ocorre na edição de 2006, com prólogo de Lidia F. Lewkowicz, publicada pela Editora Colihue e pela Biblioteca Nacional da Argentina.

de sua família e de seu país para sempre. A essa ameaça feita diante do administrador, de seu filho caçula, Gabriel, e das duas fileiras de mucamas que cosiam na varanda, dona Maria chamou o feitor (capataz) e mandou prender seu filho. A tempestade tinha chegado a seu ponto máximo. O rapaz resistiu como um leão, seis escravos vieram em auxílio dos feitores. Então não houve filho para mãe, senão um homem enfurecido: afastemos os olhos e tapemos os ouvidos... O jovem caiu vencido... ele foi amarrado de pés e mãos... e D. Maria das Neves mandou açoitar o filho, com a mesma chibata com que os escravos eram açoitados... Dom João foi amarrado ao tronco do castigo, e só quando suas carnes voaram em pedaços, quando o sangue correu de suas grandes feridas, quando o açoitado era um corpo inerte, que a força da dor mesmo aniquilara, e quando os escravos, todos de joelhos, imploraram misericórdia para seu jovem senhor, o castigo cessou, o mártir foi envolto em panos de vinagre e levado para a enfermaria.

Quando D. João das Neves, o estudante de Coimbra, o prometido de Emília, o reformador humanitário voltou a si, tinha perdido o juízo! E uma gargalhada convulsiva, misturada com pranto, era tudo quanto dizia sua dor. A princípio acreditaram que seriam crises nervosas, depois chamaram um médico, esgotaram-se as experiências de todo tipo, levaram-no à corte, tudo foi inútil.

Estava louco!

Até os trinta e seis anos de sua vida, ele teve épocas de loucura furiosa; ao declinar da juventude, sua demência se tornou tranquila.

Ele nunca falava, e seus lábios somente se desprendiam para dar a gargalhada de costume.

A dor e a loucura desfiguraram suas feições, raros cabelos grisalhos havia em sua cabeça, e ele parecia vinte anos mais velho do que realmente era.

Declarado *incurável*, sua mãe exercia o cargo de tutora, administrando o patrimônio do pobre louco sempre relegado no engenho de Macacu, teatro funesto do crime espantoso que o arrebatara do mundo da inteligência, causando-lhe a morte mais cruel, a da razão.

    E este é o irmão do comendador Gabriel das Neves. O filho primogênito de dona Maria das Neves, o mesmo que uma avó previdente destinava para marido da sua neta que acabava de fazer dezesseis anos!

3.
CONTINUAÇÃO DO ANTERIOR

Apresentamos aos nossos leitores quem era o noivo destinado à jovem Gabriela, de quem mais tarde daremos conhecimento; mas sobre D. João das Neves ainda temos algo a dizer. Ao romance de sua vida, falta um apêndice. Entre as mucamas de dona Maria das Neves havia no engenho de Macacu uma jovem mulata[5] chamada Camila. Era uma bela mulher de raça mista,[6] isto é, filha de mulata e de branco; reunia o tamanho alto e flexível das Africanas, a pele lisa, ligeiramente bronzeada, o cabelo preto e brilhante da raça portuguesa. Em seu rosto oval de feições bastante regulares, em seus olhos grandes e pretos adornados por longos cílios, havia tanto bondade quanto tristeza no seu olhar e dignidade em seu porte. Resignada, mas não submetida à escravidão; desde pequena se diferenciava pela sua inteligência,

---

5   MULATA: O termo empregado pela autora corresponde ao significado de uso comum à época que, segundo os dicionários, por analogia ao caráter mestiço do animal "mulo", passou a ser empregado também, a partir de meados do século XVI, para designar as pessoas descendentes de brancos e negros. O caráter pejorativo e racista do passado ganhou novos sentidos e significados e hoje, inclusive, é motivo de exaltação à diversidade cultural da miscigenação no Brasil.

6   RAÇA MISTA: Mantivemos o termo usado pela autora, porque na época em que a obra foi escrita não se tinha consciência da carga racista que a palavra "raça" transmite. Essa noção só aparece a partir do século XX. A abordagem antropológica e sociológica da questão atualmente estabelece o uso do termo etnia para se referir aos diferentes grupos culturais. Quanto à palavra mista, trata-se da miscigenação étnica.

sobriedade, asseio e estrito cumprimento de suas obrigações. Seu nobre orgulho, sua dignidade não permitiam nem a mais leve sombra de uma distração que lhe pudesse atrair qualquer castigo, por isso, com tais qualidades, ela era a alma da administração do Engenho, era ela quem tinha as chaves dos armazéns, quem distribuía as comidas, roupas, quem cuidava da enfermaria, quem vigiava os trabalhos do administrador, enfim, tinha toda a confiança de sua ama, que aproveitando essas belas habilidades, permitiu que lhe ensinassem a ler, escrever e somar. Camila era contemporânea de D. João, desde pequenos, sentia uma íntima afeição por ele, e talvez por isso desprezasse todos que a desejavam; assim que D. João chegou da Inglaterra, Camila sentiu os primeiros sintomas de uma paixão crescendo em seu coração. Contudo, sabia ocultar seus sentimentos e guardar no fundo da sua alma a emoção que a dominava. Nessa tarde fatal da cena horrível do castigo de D. João, Camila acreditou perder a razão por alguns momentos, ou morrer de dor... no entanto, educada na escola do sofrimento da escravidão, devorou suas lágrimas, não deu nem um ai! que traísse a angústia mortal que a despedaçava.

Depois que D. João foi declarado incurável e abandonado no Engenho, a sós com sua desgraça, começou uma vida nova para Camila. Sua senhora, que não podia suspeitar o que acontecia na alma da escrava, mandou que ela tomasse conta do seu jovem senhor; e a infeliz apaixonada pôde, desde então, dedicar todas as horas da sua vida ao desafortunado objeto de sua paixão.

Existem no amor verdadeiro de uma mulher tantas facetas, esse amor adquire tantas e tão variadas formas, que o homem que tenha sido amado assim na sua vida pode dizer que as portas do céu se abriram para ele, porque a mulher apaixonada é um anjo na vida do homem, e, no entanto, a maior parte dos homens despreza a alma pura e apaixonada da mulher que os ama, por uma dessas anomalias tão frequentes à humanidade, para correr atrás do flerte que os fascina, os abate, diante do qual dobram cegamente os joelhos.

Não era o caso de D. João, e Camila podia amá-lo sem medo de que outra mais bonita ou mais feliz viesse a matar seu amor e suas ilusões; por isso exibia sem receio todo o prazer da adesão profunda que lhe inspirava seu desafortunado senhor.

O que produziu esse zelo sem trégua, esse carinho intenso, que traçava em torno do triste demente um círculo ininterrupto de cuidados ternos, é que o louco se habituasse às delicadezas da enfermeira que ele seguia sem cessar, que abandonado do resto do mundo, sem lembranças do passado, sem consciência do presente, um dia seu sangue jovem ferveu em suas veias e Camila foi mãe.

Dois filhos foram o fruto dessa união incompreensível da escrava apaixonada e do insensato que a inspirava.

Quando D. Maria das Neves soube do ocorrido, encolheu os ombros e disse:

—Para isso não é louco!

E sobre ela:

—A hipócrita da mulata! Quem confia na virtude da canalha!

Os filhos de Camila se chamaram: o primeiro, que foi um varão, Maurício; a mais nova, que era mulher, Emília.

Emília, porque o louco pronunciava esse nome, às vezes involuntariamente, e porque ela, Camila, sabia que esse era o nome da jovem a quem seu senhor amava na Inglaterra.

Essas crianças foram batizadas como escravas, D. Maria das Neves reservava sua generosidade para o dia que em artigo de morte fizesse seu testamento.

Maurício e Emília vieram à corte para estudar em um colégio.

Costumava-se ter com eles grande reserva, e ignoravam sua origem.

A inteligência incomum de Maurício logo chamou a atenção de seus professores, D. Maria lhe propôs que escolhesse uma carreira, inclinando-o a princípio, a receber ordenação, porque recordava que ela precisava de um capelão para acompanhá-la a seus Engenhos na ocasião da Safra, depois recordou que lhe seria mais útil um médico, e por fim depois de pesar os prós e contras, decidiu-se pela medicina, e para abreviar etapas e declarações o enviou a estudar na França.

Concluído o tempo dos seus estudos, o jovem voltou ao Brasil, ignorava se era livre ou escravo, mas com seu diploma de médico pela escola de Montpellier acreditava que fosse uma garantia mais do que suficiente.

De volta a Macacu, foi fácil para o rapaz penetrar o segredo da sua procedência – sua irmã se encontrava ali há algum tempo; ambos eram bem tratados, vestiam-se com certa elegância, tinha-se para com eles alguma consideração, e embora sem ocupar um posto marcado ou uma posição fixa, suas relações com a família das Neves não eram nem de parentes, nem de estranhos.

Dona Maria das Neves ao propor ao seu filho Gabriel o casamento da menina com o louco, bem sabia ela que os tornaria mais infelizes e sacrificaria sua neta; mas zelosa de seu poder e de suas riquezas, já lhe parecia que Camila e seus filhos poderiam chegar algum dia a gozar da fortuna.

Pedaço de carne sem coração e sem outra inteligência que a do mal, julgava a afeição de Camila pelo seu filho como proveniente do interesse e da ambição, tomando como medida suas próprias mesquinhas paixões, e via somente cálculo onde somente houve fatalidade!!!

No entanto, aquela família de Párias vivia, senão feliz, pelo menos tranquila.

D. João tinha períodos de melhora, Camila adorava seus filhos. Maurício dividia seus cuidados entre seu desventurado pai e os escravos; amava a sua mãe que era tão boa para ele, e adorava sua irmã.

Eis aqui, pois, a situação da família do louco D. João.

No capítulo seguinte iremos conhecer todos os membros da família do Comendador Gabriel das Neves, especialmente essa Gabriela, noiva destinada a seu tio louco e cinquentão, aquele que já sabemos que em meio de sua desventura, ao menos estava cercado de corações amorosos e dedicados a ele, e por cujo amor e cuidado, talvez se operasse uma cura tácita, mas lenta de sua demência, fruto da bárbara violência de que fora vítima.

4.
RETRATO DO INTERIOR

Na noite do dia em que o comendador Gabriel das Neves falou à sua mulher sobre o casamento planejado de sua filha com D. João, o louco, reuniu-se a família na varanda da casa.

Era uma dessas noites claras e serenas como somente vemos no equinócio.

A brisa terrena vinha carregada com o perfume do jasmim pequeno, das flores do café e da mangueira. Ao longe, o rico e luxuoso panorama das montanhas surgia como a sombra de um Titã. O mar era um resplandecente espelho de aço, a lua cintilava em suas ondas adormecidas, e milhares de estrelas refletiam em seu seio. Tudo era silêncio, poesia, amor; fora o murmúrio das folhas das palmeiras, coqueiros e bananeiras, fora alguma errante melodia de flauta, ou os acordes distantes do piano, nada mais se ouvia...

O comendador e sua mulher sentados separadamente cada um em sua cadeira, balançavam-se ao ritmo da conversa.

Falavam de dinheiro, cálculo, especulação. A tudo isso eles chamavam o destino de seus filhos.

Distante, mas sempre prontos ao chamado de seus senhores, grupos de escravos falavam em voz baixa.

Pobre raça, que os brancos colocaram ao mesmo nível

dos animais irracionais, despojando-a não só de seus direitos, mas também negando e proscrevendo-lhe suas afeições mais justas e caras! E somente entre si, ao ouvido um do outro, podem murmurar suas dores e seus martírios!

No outro extremo da varanda passeavam os três filhos do comendador.

Eram estes um jovem de 18 anos, Gabriela que tinha 16, e Mariquinha a menor dos três, que só tinha catorze.

Pedro (assim se chamava o varão) se parecia bastante com seu pai, ainda que mais favorecido pela natureza em suas proporções. Era um desses personagens indolentes, inofensivos, desses homens incapazes de tomar uma decisão por conta própria, e que se deixam dominar facilmente pelas opiniões alheias. Tinha aversão profunda ao estudo, seu maior prazer consistia em deitar-se em sua rede, braços cruzados, e ficar ali, horas perdidas balançando-se, fora isso, bailes, teatro, apresentações e rir sempre.

Gabriela tinha a fisionomia e o caráter diferente de sua família. Era melancólica e concentrada, leal e sincera em suas afeições, compassiva com os escravos, e possuía uma alma altamente comedida, debaixo de um exterior delicado.

Era alta, e sua cintura flexível e graciosa tinha uma certa preguiça adorável em seus movimentos. A cor de sua pele não era o branco alabastro da raça anglo-saxônica, nem o trigueiro dos trópicos, era um desses morenos suaves e pálidos, animados por um colorido quase imperceptível. Seus grandes olhos negros eram coroados por longos cílios e sobrancelhas bem arqueadas, sua testa era larga e brilhavam sobre ela as negras mechas de seu cabelo de ébano fino e sedoso, sua boca era regular e um certo sorriso melancólico deixava ver duas fileiras de dentes brancos e pequenos como dois fios de pérolas.

Tinha em seus olhos, esse olhar límpido e sereno que também reflete as sensações do coração, e um certo não sei que de choro que os tornava mais interessantes.

Mariquinha era um desses tipos alegres, bonitos e encantadores como se encontram nas garotas de sua idade. Era, além disso, de um caráter brando e indulgente, mas simultâneo a essa docilidade, era indolente e irresoluta, era uma cópia menos exagerada de seu irmão. Por isso ambos se davam melhor e embora os três se amassem, Pedro e Mariquinha eram amigos íntimos.

Essa noite, Pedro e Mariquinha paseavam de braços dados, e Gabriela também o fazia, mas sozinha e na direção oposta.

Finalmente, Pedro se aproximou e saudando-a com uma gravidade cômica que Mariquinha imitou, disse-lhe:

—Poderá a senhora nos dizer no que pensa que a deixa tão séria?

—Irmão meu – respondeu Gabriela – queres tanto assim saber?

—Talvez.

—Pois bem, se queres que eu te diga a verdade, não sei.

—Muito engraçada, e espertalhona! Então não sabes no que pensas?

—Não sei. Olha, vês essa noite tão bela? Vês que pálida e serena está a lua? Vês os bosques, que quase não se distinguem velados pelo cinza sombrio da noite? Vês as sombras das casas, cujos contornos nebulosos quase não se distinguem?... E essas montanhas tão altas que se vê ao longe?... E esse mar que tão sereno murmura aos nossos pés?... Vês? Não parece um espelho de aço polido?... Pois bem, vejo isso tudo, gozo e me calo, porque sinto alguma coisa que não posso explicar.

—Talvez sintas falta do teu cavalheiro constante de todas as valsas para admirar juntos a paisagem, né? (Esta observação foi feita por Mariquinha).

—Oh! Exclamou Gabriela, que sentiu fluir todo o sangue ao coração.

—Aposto que ficaste mais corada do que um carmim, acrescentou Pedro sorrindo.

—Vós sois muito maliciosos, meus irmãos! Vamos Pedro, e aquela garota da outra noite, com quem dançaste duas vezes? Simpatizaste tanto com ela, que passaram um bom tempo juntos.

—Deus me perdoe! É verdade querida Gabriela; mas observa que em cada baile aonde vou, tenho uma predileta ou favorita, como se fosse um Rei! Oh! Não sou tão bobo a ponto de namorar sem o consentimento de mamãe, porque em nossa família o gênero feminino é o mais forte.

—Assim deveria ser sempre, interviu Mariquinha, Pedro tem razão, por isso não se apaixonará sem o consenso de mamãe, mas Gabriela e eu não necessitamos da permissão de ninguém; eu pelo menos hei de amar quem eu bem quiser.

—Como se os arroubos do coração não fossem espontâneos!

—Viva a liberdade e viva a constituição! Exclamou Pedro, fazendo uma pirueta.

—Gabriela deveria estudar para ser oradora.

—Tu eres um louco, meu irmão, não se pode falar contigo, estás sempre de brincadeira.

—Apoiado, senhor deputado.

—Mariquinha, não deboche.

—Vamos chorar os três, disse Pedro.

—Vamos, acrescentou Mariquinha.

—Bom, continuem os senhores o seu passeio e deixem-me com minhas melancolias.

Dito isso, Gabriela fez mensão de continuar seu passeio, e Mariquinha pegando novamente o braço de seu irmão, respondeu:

—Anda, chorona ingrata, mas não penses muito no seu companheiro de valsa.

E Pedro correndo atrás dela, lhe dizia:

—Pelo contrário irmã pense nele o quanto quiser. Os afetos do coração são espontâneos – e acima de tudo eres uma mulher, que são as que mandam como chefe sobre nós homens, criaturas fracas que somos.

Aqui incorporou o ar e a voz de uma senhora, e suas irmãs desataram a rir.

Gabriela seguiu seu passeio solitário e seus irmãos continuaram rindo e brincando.

O sino da capela real deu dez horas, e às dez horas repetiram a de São Francisco de Paula e as outras igrejas da Villa Imperial, onde por antiga tradição, toca-se ainda a essa hora *le couvre feu*[7] ou *O Aragão*[8], como se chama em português.

Uma criada veio anunciar aos jovens que o chá estava na mesa. A família se dirigiu para a sala de jantar.

Cada um se colocou em seu lugar de costume, uma escrava serviu o chá, e falou-se sobre várias coisas.

Depois do chá a família passou para a sala de estar.

Mariquinha abriu o piano – cada qual cantou ou executou alguma peça de música, Pedro dançou um *Schotisch*[9] com Gabriela e terminou esse recreio diurno familiar com uma quadrilha executada por Gabriela e dançada pelo comendador e sua senhora, por Pedro e Mariquinha. Por fim, às onze e meia deu hora de se recolher.

—Meninas – disse D. Carolina – amanhã é necessário levantar-se mais cedo, iremos à cidade; temos visitas a pagar, compras para fazer, e depois iremos almoçar com a senhora.

Com este nome se designava a D. Maria das Neves.

Dona Carolina deu suas últimas ordens ao mordomo para o café da manhã e as carruagens, e todos se retiraram com a mente preocupada segundo encaravam os acontecimentos do dia seguinte.

Esse dia que se apresentava prazeroso e que finalizaria enlutando o horizonte do porvir de algum daqueles inexperientes corações!

E assim é a vida!

E se houvesse uma voz arcana, cujo eco fatídico viesse a revelar-nos o futuro, quão desgraçados seríamos! Mais do que já somos!

---

7 **COUVRE FEU:** Tradução do francês "toque de recolher".
8 **O ARAGÃO:** Nos anos 1800, um intendente geral de polícia chamado Teixeira de Aragão criou um toque de recolher para diminuir a criminalidade. Com o passar do tempo, o toque passou a ser chamado pelo seu nome "Aragão".
9 **SCHOTISCH:** Antiga dança de salão, semelhante à polca.

5.
NORA E SOGRA

Os elegantes cupês de última moda passeiam sobre a fofa e branca areia da praia de Botafogo. No primeiro, vão D. Carolina e suas filhas; no segundo, o comendador e seu filho.

Uma atmosfera límpida e serena, uma brisa marítima extremamente fresca e os raios dourados de um sol tropical, animavam as tintas divinas que colorem as ricas paisagens daquela bela terra.

Um dia destinado a fazer visitas íntimas e gastar dinheiro nos luxuosos mercados da *Rua do Ouvidor*[10] era uma brilhante promessa de prazer, e as filhas de D. Carolina iam alegres, como duas jovens borboletas que entram em um jardim cheio de flores.

Pedro estava menos feliz, porque antes de chegar à desejada Rua do Ouvidor, antes de se extasiar na contemplação dos mil dixes de fantasia da perfumaria Desmarais,[11] e diante das delicadas joias de Silvain & Jugaud, e o quanto de perigo

---

10 **RUA DO OUVIDOR:** É uma das ruas mais antigas do Rio de Janeiro, já existindo por volta do ano de 1578, quando então era chamada de Rua Desvio do Mar. Teve várias denominações antes de receber o nome de "Rua do Ouvidor", em 1780, por influência popular, devido ao fato de, nela, residir o ouvidor-mor da cidade, Francisco Berquó da Silveira. A rua leva esse nome até os dias de hoje.

11 **DESMARAIS:** No capítulo XIII de *Memórias da Rua do Ouvidor*, de Joaquim Manuel de Macedo, pode-se encontrar descrição detalhada sobre a perfumaria Desmarais citada por Juana Manso.

que encerram as lojas de Walestein & Masset; o infeliz tinha que acompanhar o pai em uma meia dúzia de visitas rigorosamente diplomáticas, nas quais apenas se prometia ver anciãos respeitáveis e ouvir anedotas da corte de D. João VI, discursando sobre a excelência do rapé Cordeiro ou Princesa, e comparações do tempo passado com o presente.

Finalmente, às três da tarde, toda a família estava reunida na casa da Senhora.

D. Maria das Neves era uma senhora na casa dos sessenta, extremamente branca e rosada; tinha sido loira, não estava muito grisalha, mas sim totalmente calva.

Seus olhos eram pequenos, de cor verde claro, coroados por sobrancelhas duras e espessas, eram raros os cílios que adornavam suas pálpebras, quase sempre meio fechadas e bastante inchadas, o que contribuía para tornar seu gesto mais cruel e seu olhar mais sombrio; tinha o rosto, queixo e lábio superior cobertos de uns cabelos duros e ruivos, o resto de suas feições demonstrava um tipo rude e repulsivo; verdade seja dita que ela também estava desfigurada pela velhice e por uma dessas gorduras disformes que são uma verdadeira praga, e que a impedia de se deitar, vendo-se obrigada a dormir sentada numa imensa cadeira de rodas, onde dia e noite era assistida por quatro escravas que cuidavam dela. Seja movendo a cadeira, seja lavando-a, penteando-a, abanando ou dando-lhe de beber.

Como recompensa por tão fatigante trabalho, quando D. Maria das Neves estava em seus dias de mau humor, arranhava-as, maltratava-as e lhes dizia mil impropérios.

O dia em que introduzimos ali o leitor é este destinado à reunião de família.

Silenciaremos os detalhes de uma suntuosa refeição, os requintes de uma mesa, servida com todo o luxo e cuidado devido à posição dos personagens; depois do café os jovens foram para a sala, abriram-se as varandas e os nossos amigos instalaram-se aí com grande prazer, porque o leitor saberá que a casa de D. Maria das Neves estava situada nessa famosa

Rua Direita[12] que é a mais torta da cidade do Rio de Janeiro. Centro do alto comércio é a toda hora a passagem das pessoas elegantes que, a cavalo, a pé ou de carruagem, não têm coisa melhor do que caminhar ininterruptamente de janeiro a janeiro. Apesar de se divertirem muito, Pedro dizia às irmãs:

—Quando chegará a hora de voltar a Botafogo! Não respiro satisfeito enquanto não estivermos em nosso lindo terraço!

—Ora, quer dizer que não te agrada a Corte? – dizia Mariquinha maliciosamente.

—Não é isso irmã, aqui entre nós, tenho medo da vovó.

—Que louco és, Pedro! - respondeu Gabriela.

—Palavra de honra, meninas! Ela me parece um tigre velho.

—Pedro!

—Sim, digam o que quiserem, mas quando me lembro da história que contam sobre o tio João, estremeço contra a minha vontade.

—É horrível!

—Não falem mal da vovozinha.

—Sim, a Gabriela a defende, mas acredite, se lhe der na telha, ela é capaz de vos fazer freiras, e de querer que eu me case com uma múmia do Museu, desde que tenha dinheiro.

Mas deixemos que os jovens brinquem com a verdade, e passemos à sala de jantar,[13] residência habitual de D. Maria e onde naquele momento a acompanham seu filho e sua nora.

Desde que a senhora viu a família de seu filho chegar nesse dia, ela entendeu que D. Carolina queria aproveitar a ideia do casamento que ela havia iniciado.

Ela conhecia bem a sua nora, como esta sabia quem era a sua sogra; por isso, ambas avançavam com cautela. D. Maria fazendo-se de tonta e a outra conduzindo as coisas para o seu fim, sem se entregar, discretamente.

É que ela conhecia o terreno em que pisava e sabia que

---

12 **RUA DIREIRA:** A antiga Rua Direita foi a rua mais antiga do Rio de Janeiro e era a mais importante da cidade no século XIX. Originalmente, ligava o Largo da Misericórdia ao Morro de São Bento. Em 1875, passou a se chamar 1º de Março em homenagem à vitória aliada na Batalha de Aquidabã, que pôs fim à Guerra do Paraguai.

13 **SALA DE JANTAR:** No original está "pasemos al comendador" ao invés de "comedor". Acredita-se que tenha havido um erro de tipografia.

contra um astuto se deve ser um astuto e meio; no entanto, foi ela a primeira que rompeu as hostilidades.

Quanto ao comendador, assumia uma aparência de conformidade e acompanhava com inflexões de cabeça, aprovativas, todas as falas do discurso de sua mulher.

—Minha querida sogra, começou D. Carolina, vim visitá-la hoje, não só pelo prazer de passar o dia com a senhora, o que raramente acontece, principalmente desde que residimos em Botafogo; porque já sabe a senhora a luta em que vive quem tem escravos! Essa escória que tira o sossego da vida da gente.

—É um verdadeiro inferno – acrescentou o comendador.

Este incidente, dado o tom com que a conversa tinha começado, ocasionava naturalmente uma pequena modulação ao gosto de D. Maria, porque uma vez sobre esse terreno, ela teria oportunidade de desabafar um pouco o azedume de sua bile, e já depois de passado aquele primeiro capítulo do preâmbulo ou introdução, restava apenas começar o assunto.

Assim, com a última palavra de D. Carolina, a senhora pediu sua caixa de rapé, inalou um pó e começou um longo e detalhado relato das desgraças, desgostos e amarguras causadas pelos negros aos brancos, pelos escravos ao opressor. Palavras tais que achamos por bem suprimir, mas que em suma provavam com evidência que as vítimas não são os negros arrancados de seu país, de seus afetos e de sua liberdade, carregados em correntes, amontoados à força em navios nauseabundos e depois vendidos como qualquer objeto de mercadoria ou animais, para senhores que os compram para viver do suor de seu escravo, como se compra um boi para arar, um cavalo para montar etc., etc. Mas os negros insolentes não se submetem à superioridade dos brancos senão à força de castigos horríveis, eis aí a questão, e a luta do branco para ensinar ao negro certos pontos do direito natural que só se explicam a bordoadas; consequentemente, as vítimas são os brancos que oprimem e os algozes são os oprimidos – é uma lógica bastante simples!

Enfim, outro ponto habilmente colocado modulou o tom

da conversa, ficando no tom que D. Carolina procurava.

—Assim é, senhora D. Maria, eu sempre falo ao Gabriel, capacidade, energia, como a de tua mãe, não tem! Por isso hoje, que meus filhos já estão em idade de decidir o destino deles, eu disse, aí está sua avó, que decida ela, seus conselhos são leis.

—Tenho experiência, sei o que é família.

—Verdade.

—Os senhores fizeram o que deviam – mas antes de tudo, não existe alguma ideia, vossa, por exemplo, em relação ao Pedrinho?

—Não exatamente fixa, conversamos às vezes sobre colocá-lo em alguma secretaria ou em alguma embaixada.

—Tolice, filhos! Nada disso convém ao menino, o alvo a que devemos nos dirigir é um só – a fortuna – aumentar o capital por meio dos casamentos. O Pedro é rico, não precisa de empregos para viver, tenha ele dinheiro que o resto de nada vale para as honras; que maior honra do que o dinheiro?

—Isso é verdade.

—O resto não é nada. Ontem falei para o teu marido parar de levar as meninas ao baile, assim se esquenta a cabeça das meninas, elas tomam gosto pelos rapazotes e depois quando se trata de casá-las com um homem sério, que não é um galanteador, elas vêm com desmaios e suspiros. Isso que dá entrar na moda, eu não, sou antiquada, não me criei com bailes, nem em óperas ou outras futilidades desse tipo que eles consideram de bom-tom; em suma, cada um se comporta como bem entende.

—O que quer a senhora, querida sogra, – apressou-se em responder D. Carolina – uma posição social como a nossa, às vezes tem suas exigências, por isso…

—Bobagem filha, o rico faz o que quer e ninguém lhe toma satisfação; o essencial é a riqueza, não precisa de ninguém, e que murmurem, façam com isso muito proveito.

Houve um parêntese em que D. Maria sugou o nariz com estrondo, D. Carolina pareceu examinar com muita atenção o bordado e as venezianas do seu lenço, e o comendador preocupou-se seriamente com as pontas de suas botas, que talvez não estivessem cortadas com a precisão necessária.

D. Carolina reatou o fio da conversa.

—Isto de a pessoa estabelecer uma de suas filhas de um modo vantajoso, (disse ela) é um negócio bastante sério; e as minhas já estão em tempo.

—Particularmente Gabriela e Pedro. Ontem eu disse ao teu marido que João era um partido conveniente para Gabriela; certamente que com a sua morte eu sou a herdeira da parte dele, e vocês são meus herdeiros, mas por seu casamento com a menina, ela será a herdeira em seu falecimento, e com a parte do patrimônio paterno e outros, já tens uma fortuna respeitável; porque um dos deveres mais sagrados é perpetuar a riqueza nas famílias. João está velho, é verdade, mas isso não importa, também conheci meu falecido marido no dia em que fomos à Igreja, é certo que só depois de dois anos de casada olhei para o rosto dele, pois não me pareceu nada bonito, embora na verdade fosse um santo... enfim, para casar, o essencial é que seja conveniente...

—Claro.

—O resto é bobagem.

—Assim é.

—Vós sabeis desses filhos que ele tem com a mulata?

—Oh! Isso são coisas tão comuns!

—Ainda mais em seu estado... mas vamos consertar isso.

—Assim eu espero – disse o comendador – e Mariquinha?

—Ainda não é hora; primeiro o rapaz, pensei em Anita, a filha de meu primo Alexandre; inclusive hoje de manhã recebi uma carta dele me pedindo conselhos a respeito do namoro de sua filha com um tenente que, pelo que se sabe, ganha apenas um salário irrisório.

—Que graça! E com esse sujeito ela quer se casar? Não sei como tem gente que se permite certas pretensões...

—Petulância! Veja o senhor, uma garota que terá em torno de cem mil contos de réis[14] de dote e única herdeira!

—Que maravilha! Exclamou o comendador com entusiasmo.

Combinados inteiramente a senhora, com o filho e a nora, os jovens foram chamados e, para dar às resoluções de família, o selo imponente de uma autoridade irrefutável, D. Maria tomou a palavra.

O primeiro a ouvir sua sentença foi Pedro; ou seja, foi notificado que partiria para a província de São Paulo para a fazenda do tio Alexandre, porque lhe era conveniente casar com sua prima Ana.

Em seguida, a avó elogiou Gabriela pelo carinho, enumerou as joias[15] destinadas a ela à parte de sua legítima, fez um longo discurso sobre a importância que o mundo dá aos ricos e, por fim, também lhe deu sua sentença.

Gabriela empalideceu terrivelmente, um tremor convulsivo a dominou, mas ela ainda foi capaz de responder:

—A vozinha se esqueceu de que o tio João é louco?

—Teu tio é mais rico do que teu pai, porque além de manter intacta sua herança, os juros acumulados quase que dobram a sua fortuna.

—Pois eu, – continuou a jovem com voz firme – prefiro virar freira a me casar com o pobre louco do meu tio.

Muitas reflexões lhe foram feitas e brilhantes promessas foram projetadas, Gabriela as escutou em silêncio. Como tudo já estava definido usava poucas palavras. Acreditava que havia respondido o que sentia, e sua resolução era irrevogável.

Ao entardecer voltaram para Botafogo, não alegres e sorridentes como essa manhã, mas taciturnos e silenciosos.

Essa noite eles também passeavam no terraço e Pedro dizia às irmãs.

—Vejam as senhoras se eu não tinha razão em desconfiar

---

14 **CONTOS DE RÉIS:** É difícil operar o câmbio de moedas de peso para o dinheiro vigente no Brasil na época, então optou-se por manter o valor e atualizar apenas para a moeda brasileira. Dessa forma, "cien mil pesos" foi traduzido para "cem mil contos de réis".

15 **JOIAS:** No original aparece a palavra "halajas", porém não foi encontrada essa palavra nos dicionários consultados, o que nos leva a deduzir, pelo som fonético, que se trata da palavra "alhajas", que significa joias.

do Tigre velho?... Pobre Gabriela, que noivo! Enfim, minha pretendida é da minha idade, então não há problema, mas será que ela é muito feia?

Pobres jovens, todos os seus sonhos se desvaneciam ante a austera realidade!

6.
REVELAÇÕES

A satisfação e a serenidade abandonaram a casa do comendador; os semblantes dos jovens estavam pálidos e abatidos, D. Carolina havia tomado uma atitude severa, como de quem entendia que seria obedecida. O comendador também procurava fazer cara feia, e conseguia mais ou menos, porque sua carinha cômica e afeminada não se prestava aos papéis de tirano.

Veio, por fim, o último baile do cassino para tirá-los dessa apatia coletiva. A estação de calor aumentava, as famílias se retiravam ao campo; SS.MM. se preparavam para deixar a chácara imperial de São Cristóvão pela sua pitoresca residência de Petrópolis. O comendador e sua esposa julgaram prudente não sair de imediato, nem romper de uma vez com seus hábitos de elegância e luxo. Era, ademais, a última reunião em que apareceriam SS.MM. Além do mais, independente de todos esses motivos já mencionados, existia ainda outro não menos importante, que era a recente aquisição dos dixes comprados no dia da malfadada visita à senhora; por isso não se podia desperdiçar a ocasião de ostentar tanto enfeite e traje. Aquela notícia veio reanimar um pouco os nossos pobres amigos – a esperança renasceu em seus corações – é tão fácil consolar-se nessa idade e se entregar às mais doces ilusões!

Como desconfiar de um mundo que não se conhece!

Pedro e Mariquinha riram, brincaram, a índole deles os unia! Havia-lhes custado tanto a seriedade desses dias, que agora se entregavam totalmente à promessa de prazer que tinham em mente.

Quanto à Gabriela, essa havia sentido refluir todo seu sangue ao coração, e sua palidez e emoção podiam fazer supor que a ideia de ir a esse baile escondia algum outro interesse mais romântico... E é verdade, leitores, Gabriela amava! Não sabia talvez, porque ainda ignorava a si mesma, mas o sofrimento desses dias, esse horrível casamento da sua juventude e frescor com a velhice e a loucura de seu desaventurado tio haviam mostrado a Gabriela muitas coisas!... Não era só o pensamento de tão desproporcional união que a atormentava... mas é que entre seu tio e ela se colocava a imagem de um mancebo, em cujos olhos havia reprovação e uma lágrima prestes a cair!

Nesse turbilhão de bailes e festas, Gabriela havia encontrado um jovem cujo nome e procedência ignorava, seus olhares se cruzaram algumas vezes, ela tinha vergonha, e ele se empalidecia e a contemplava de longe. O amor verdadeiro é tímido, por isso *ele* havia hesitado muito tempo antes de lhe pedir uma valsa, havia começado buscando a ocasião de ser seu par nas quadrilhas. Por fim decidiu lhe pedir uma dança; quando ela colocou seu braço sobre o dele, quando afastados do resto dessa dourada multidão que os rodeava, sentiram-se sozinhos, os pobres apaixonados emudeceram.

Nos primeiros dias da juventude não há negócio mais sério que o *amor*... Sim, antes que a prostituição o degrade, antes que o vicio o desfigure, antes que o hálito impuro do mundo o esgote, o amor é uma planta aromática e bela que nasce espontaneamente no coração.

Gabriela e seu cavalheiro tremiam um mais do que o outro, com todo esse pudor que lutava contra o positivo da emoção moral, teve um momento de trégua... o jovem passou seu braço ao redor da cintura de Gabriela, uma leve pressão a aproximou dele, a valsa começou, levando-os em seu ligeiro redemoinho... suas mãos entrelaçadas nesse meio abraço que provoca os sentidos e que quando se ama, se o lábio cala, os olhos falam, o pulsar acelerado do coração e a pressão involuntária das mãos. Essas valsas dançadas quando se apresentava a ocasião, eram a linguagem misteriosa desse amor, que não havia sido necessário declarar, nem confessar, porque os sentimentos não são teorias, e sua revelação é espontânea.

Mas Gabriela ficou mais melancólica e silenciosa. Assim, quando à noite passeava solitária na varanda da sua casa, era para reviver em sua mente todas essas lembranças do seu primeiro e inocente amor.

Às vezes, no silêncio da noite, chegava até a chácara do comendador, uma melodia distante de flauta, tocando algum tema de Belline ou Donizetti, e uma vez, os acordes de um violão foram escutados ao pé do mesmo morro. Uma voz pura e harmoniosa de Barítono havia cantado alguma dessas músicas populares do Brasil, cuja melodia era tão sentida.

As pessoas da chácara prestavam pouca atenção a essas serenatas tão comuns por ali, mas no coração de Gabriela havia uma voz angelical que dizia: é *ele*.

Agora que sofria e que um porvir obscuro a ameaçava, sua alma inteira voava a se refugiar na alma daquele que ela invocava como sua religião e amparo.

Ao entrar nos salões do cassino, de pé, à porta da primeira sala estava *ele*, Gabriela o viu e se cumprimentaram com uma leve inclinação.

Com intensidade, mais animado que até então, nosso desconhecido apaixonado dançou e passeou com Gabriela a noite inteira; fosse por ser a última reunião em que se encontrariam esse ano, fosse por um desses pressentimentos divinos que se apoderam do coração e do espírito involuntariamente, o jovem não deixava Gabriela por um instante, como se desse modo a disputasse com os que tentavam roubá-la.

Dona Carolina, assim que notou a assiduidade do mancebo, se enfureceu e enviou o Comendador para que averiguasse quem era aquele imprudente galã; não demorou para que voltasse com a notícia de que esse jovem era filho de um nobre fidalgo português, embora de escassa fortuna.

A certeza da alta linhagem tornou tolerável a ideia dos julgamentos do mundo com respeito ao comportamento de Ernesto de Souza (esse era seu nome).

Nesse ínterim, nossos apaixonados, imprudentes como todos os apaixonados o são, não viam, nem ouviam a ninguém senão a si mesmos, por muito tempo haviam se calado e agora se manifestavam; contudo, não pensem, nossos leitores, que falavam de amor, longe disso, sua conversa era inocentíssima. Havia começado pela música. Verdi, Donizzeti, Bellini foram os cúmplices dos amantes. Nessa revista lírica das obras dos três mestres era notável a simpatia de seus gostos. Falando sobre música, ela confessou que tocava piano e cantava um pouco, ele disse que tocava flauta e cantava acompanhado do violão. Gabriela ficou vermelha, porque se lembrou do tocador de flauta e do cantor noturno. O problema é começar o capítulo das confissões, porque se ela disse que lhe agradava ouvir música à noite e no campo, ele ficou feliz por isso, certo de que ela deveria ter ouvido uma melodia de flauta e a tal música acompanhada pelo violão. Naturalmente, perguntou-lhe se vivia em Botafogo; respondeu que não, mas que ia ali frequentemente à casa de um amigo... para algo devem servir os amigos!... Existe um encanto tão particular nesses primeiros diálogos de duas almas que começaram a se amar, que não nos encorajamos a reproduzir essas frases entrecortadas, incoerentes talvez, mas que respondem ao pensamento íntimo dos dois interlocutores; mas da esfera do idealismo voltaram nossos amantes ao ingrato terreno da realidade, e esses eram os curtos instantes que lhes restavam a passar juntos, e foi Ernesto o primeiro que disse com tristeza:

—Quando terei a felicidade de vê-la novamente, senhora?

Essa pergunta lembrou a Gabriela tudo que havia esquecido desde a véspera, e assim como, de repente, em uma noite serena vemos uma nuvem opaca cobrir o pálido fulgor da lua, assim o rosto da jovem, até então iluminado pelo amor e felicidade, ficou pálido e manchado por uma nuvem de sombrio pesar; e respondeu com a voz quase desfalecida a seu companheiro:

—Creio que será a última vez que nos vemos.

O jovem apaixonado, por sua vez, sentiu que todo seu sangue fluía ao coração e com um olhar de atroz inquietude, respondeu à jovem:

—Por Deus... explique-me, senhora, que mistério escondem suas palavras.

—Sou muito sofredora, Senhor!

—Então o sou também?

—Ambos seremos infelizes...

—Ambos! – repetiu ele –, mas se a senhora compreende a tormenta que me causam suas primeiras palavras... explique-se como! Não nos veremos mais?

—Ah, senhor! São segredos horríveis!

—Mas é horrível não nos vermos mais... não sente que isso não é possível? E por quê?

—Porque querem que eu me case com outro, e esse outro...

—Gabriela – disse Pedro aproximando-se de sua irmã –, é hora de nos retirar.

Ernesto a acompanhou até a porta do toilette, onde outras mulheres pegavam seus *sorties des bals*,[16] fez uma profunda saudação em silêncio e se retirou com o inferno no coração e a placidez no rosto, que todo homem bem educado guarda diante dos outros.

A família do comendador subiu em seu coche e saiu em direção a Botafogo.

O prazer dessa noite ficou no cassino, os semblantes estavam preocupados.

Ao se retirar a seus aposentos, dona Carolina acompanhou Gabriela ao seu, entrou com ela e fechou a porta. A pobre jovem sentiu uma angústia inexplicável. Dona Carolina se

---

16 **SORTIES DES BALS:** Casaco ou capa que usavam sobre um vestido de noite e/ou festa.

sentou e ordenou que se sentasse ao seu lado. Mulher irracional e de paixões impetuosas, acreditava que seu título de mãe lhe dava o poder que o próprio Deus não exerce sobre as criaturas, a quem lhes deu a razão e a liberdade de consciência.

—Minha filha – disse dona Carolina, contrastando seu tom severo e duro com o nome tão doce de filha –, esta noite tua indiscrição e atrevimento me surpreenderam; comportaste como o faria uma mulher da mais baixa classe.

—Meu Deus! E o que eu fiz para me perder assim!

—O que fizeste! Imprudente, e esse *atrevido* rapazinho com quem tu passeaste e dançaste toda a noite? Que relações, que intimidade tu tens com ele? Pois tu não sabes que nem estando próxima a casar-te com ele seria bem vista tamanha devassidão? E ainda mais tendo a tua família os desígnios que tem?

—Ah! Mamãe, eu amo esse jovem!

—Tu o amas!!

—Perdão! – Exclamou Gabriela, se atirando aos pés de sua mãe –, o amo sim, mamãe!

—Levanta-te e escuta-me – disse dona Carolina.

Gabriela se sentou.

—Esse amor não é outra coisa senão a insensatez própria da tua idade, esse moço atrevido há de ser um de tantos que só desejam rir de bobas como tu.

—Não, não, mamãe, isso é impossível, a senhora não conhece esse jovem.

—Tu o conheces, sem dúvida? Vejamos, há quanto tempo duram essas relações? Há pouco reparei que dançava contigo algumas valsas, mas não iria tão longe nisso... enfim, já que confia tanto nele me diz, quem é ele? Como se chama, qual é sua posição social?

—Não sei quem é... nem mesmo seu nome... eu o amo... por quê? Não posso explicar... desde que o conheci, sua aparição me causava confusão involuntária, mas eu não sabia o que era... faz poucos dias que descobri que o amo...

—Tu és uma petulante, uma menina sem discernimento, – replicou a nobre dama, não podendo compreender a nobre candura dos sentimentos de sua filha – não sabes o que dizes muito menos o que queres... enfim, acabaram os bailes e te previno que tenhas cuidado com alimentar teus desatinos, já te dissemos que estás destinada a casar-te com teu tio, e deves comportar-te com a maior prudência.

—Mamãe, no dia que a vovó me comunicou a determinação de me casar com o pobre tio João, eu respondi conforme as minhas íntimas convicções.

—E o que quer dizer essa ousadia? Tu pretendes impor leis a tua família?

—Mas mamãe, é um sacrilégio querer que eu, jovem e em sã consciência, me case com um pobre ancião demente, que não sabe o que faz.

—Tu farás o que eu mandar, porque sou tua mãe – interrompeu Dona Carolina, medindo-a dos pés à cabeça com uma cólera impronunciável.

Gabriela se pôs a chorar e dizia soluçando:

—Isso é horrível, mamãe! Era melhor assassinar-me! Antes disso serei freira.

—Mas esta menina está louca! Casar-te com teu tio e possuir, por esse casamento, uma das fortunas mais abundantes desta corte é querer tua desgraça? – Depois, refletindo por alguns instantes, Dona Carolina prosseguiu com mais doçura.

—Olha, Gabriela, nós apenas desejamos a tua felicidade, e só assegurando tua fortuna poderás ser feliz. Tudo é passageiro, instável e ilusório no mundo em que vivemos, mas o dinheiro, esse não é, a consideração que dá a fortuna e os gozos que promete não são ilusões. Dá repulsa casar-te com teu tio, sem recordar que o casamento é uma mera aparência, uma fórmula de lei que te tornará herdeira de numerosos bens; porque o que é viver a vida de casados com teu tio, não sei, ainda que os loucos tenham lá suas manias... mas enfim, já arrumaremos isso... e além de tudo, meu cunhado não terá uma vida longa, porque está muito afetado pela sua doença, de maneira que tu não deves pensar senão no futuro, quando viúva jovem e rica, te vejas adulada e solicitada por tantos que não hás de saber a quem dar a preferência.

A sábia e previdente matriarca, que tão filosoficamente encarava a felicidade de uma menina de dezesseis anos, retirou-se persuadida de que havia deixado sua filha meio convencida, a julgar pelo silêncio de Gabriela, que com os braços cruzados e a testa inclinada, havia escutado sua mãe, enquanto as lágrimas corriam, uma por uma, por suas pálidas bochechas.

E a luz do dia a encontrou assim, sentada, chorando em silêncio e a seus pés, chorando também, Alina, sua escrava favorita que sofria com a aflição de sua ama.

7.
ERNESTO DE SOUZA

Já que descortinamos o mistério que dominava o coração de Gabriela, vamos apresentar aos nossos leitores esse jovem que mal vimos em meio ao tumulto de um baile e que deve interessar a todos aqueles que simpatizam com o amor infeliz.

Ernesto de Souza tinha 24 anos e estava concluindo seus estudos para receber o título de doutor em medicina.

Ele era certamente o que se chama de um bom rapaz como pessoa.

Filho de um nobre marinheiro português, Ernesto tinha todo o tipo aristocrático e excepcional da nobreza portuguesa. Alto e bem-apessoado, além da irrepreensível regularidade de suas feições; em seu rosto perfeitamente contornado, havia como uma aura de inteligência, firmeza e virtude; seus grandes olhos negros, semicerrados pelos longos cílios, tinham uma expressão doce e ao mesmo tempo altiva. Seus lábios eram pontiagudos, os dentes excessivamente brancos e o rosto oval. Não tinha barba, mas sim uns negros e sedosos bigodes que se harmonizavam com os cabelos pretos e ligeiramente encaracolados, dando uma graça infinita à cor morena de sua tez, um tanto pálida, mas fina e delicada como a de uma mulher. Depois de todas essas vantagens, acrescente-

-se que ele se vestia com uma elegante simplicidade que lhe caía perfeitamente, e que a distinção de sua figura e suas maneiras contrastavam com a modéstia de seu porte despojado e essa graça viril tão de bom gosto e mil vezes preferível às pretensões de uma superioridade afetada. Agora já veem nossas leitoras que nada era tão fácil quanto a pobre Gabriela se apaixonar por um mancebo tão completo. Se for verdade que o amor entra pelos olhos, nada tão a propósito para inspirá-lo do que a beleza; é verdade que se costuma dizer que "a beleza está nos olhos de quem ama" e se assim não fosse, pobre dos feios e das feias! Não deixa de ser uma sorte que o gosto pela verdadeira beleza seja apenas instintivo, e que existam criaturas que integramente não possuam esse instinto. Quase sempre são os dotes físicos que obtêm a primeira vantagem, e infelizmente a inteligência e a virtude, embora mais seguras em seu predomínio, nunca obtêm essas vitórias fugazes sim, mas brilhantes da beleza.

Pois bem, já conhecemos o indivíduo, passemos a analisar a moral do homem, vejamos se na loteria do amor Gabriela foi tão feliz que encontrou reunidas a virtude e a beleza.

Em vez de fazer uma anatomia inoportuna da alma de nosso herói, preferimos convidar o leitor que siga nossos passos e entre na casa de Ernesto; estudar o modo de vida das pessoas, seus hábitos, o regime interior de uma casa, é o meio infalível de se chegar ao conhecimento moral dos indivíduos, porque o homem imprime seu caráter em todos os objetos que o rodeiam e estamos convencidos de que um estudo cuidadoso dessas características imperceptíveis e espontâneas da vida privada é mais seguro do que o das fisionomias. Vamos então a caminho. Existe um lugar delicioso e pitoresco no Rio de Janeiro, chamado "O Saco do Alferes".[17] Trata-se de um desfiladeiro estreito entre duas montanhas, ocasionado

---

17 O SACO DO ALFERES: Saco, em termos geográfico, é uma entrada de mar na terra, em forma de enseada. O Saco de São Cristóvão e o do Alferes somente existem em antigos mapas, feitos até o final do século XIX. Na primeira década do século XX essas partes de mar que embelezavam o litoral da Baía de Guanabara foram aterradas para dar lugar à construção do Novo Porto do Rio, assim como ao bairro do Santo Cristo e à Av. Francisco Bicalho e áreas circundantes.

pela abertura feita em uma montanha que a faz parecer duas; esse caminho encurta a passagem para São Cristóvão e chega a uma praia deliciosa. Antes de entrar no Saco do Alferes à extremidade de um vasto campo, às margens do mar, sobre um amplo terraço de pedra, estava construída a casa dos Souzas. Era uma residência de arquitetura moderna, de estilo misto, como são geralmente no Rio, havia o Jardim Inglês na entrada com pavilhões à chinesa, as persianas verdes e as janelas imitando a China. Além disso, se uma dessas janelas se abre, veremos ondular com a brisa, as dobras vaporosas de uma branca cortina de musseline; mas, entremos sem cerimônia, leitor, é mais confortável e melhor; vejamos que simetria perfeita há nessas ruas de areia branca, nessas alamedas de grandes árvores, nesses quadros cheios de flores tropicais, que suave aroma nos envolve! Quão doce e pacífica deve ser a vida em um lugar assim! Debaixo de um céu tão sereno respirando o perfume de mil flores, e poder extasiar os olhos nessas magníficas paisagens de eterno verde, e repousar o pensamento no cume sereno e imortal dessas montanhas colossais, templos desconhecidos da Divindade do Criador!

Na casa de Ernesto de Souza não encontraremos os luxuosos móveis da chácara do comendador, nem as porcelanas, quadros e ornamentos da moda – a decoração da residência do Saco do Alferes é severa, de bom gosto e tem o luxo particular desses móveis de família substituídos hoje pelo pinus disfarçado com uma casca de mogno, que, como as decorações teatrais, é bom para a ocasião do momento, mas que não resiste à ação severa do tempo.

Para analisar a casa do Ernesto, preciso dar algumas explicações.

Dom Egas de Souza, pai do amado de Gabriela era, como já dissemos, um nobre português, segundo filho de uma grande família, que pelas leis de outros tempos se viu despojado de todo o patrimônio que era, por direito, herança do primogênito, inclusive D. Egas foi feliz de ser o segundo, porque pelo menos pôde escapar da batina e entrou na marinha real.

Lutou na guerra da península contra Napoleão e finalmente, quando a guerra acabou, D. Egas veio ao Brasil procurar D. João VI ali refugiado; mas não voltou a Portugal, e sim entrou para o serviço do príncipe regente D. Pedro IV,[18] primeiro Imperador do Brasil.

Declarada a Independência do novo Império, D. Pedro deu licença a vários oficiais da Marinha para assumir o comando de navios mercantes. D. Egas foi habilitado por um comerciante amigo seu; fez algumas viagens felizes, realizou bons carregamentos e finalmente, quando livre da tirania de D. Miguel,[19] Portugal teve uma carta constitucional, e o irmão de D. Egas devolveu ao irmão a sua herança. Compunha-se esta de móveis, joias e retratos de família, D. Egas retirou-se então para o Rio de Janeiro com uma fortuna mediana que lhe garantia o pão e o descanso da sua velhice, e que lhe permitia usufruir da companhia da sua esposa, de quem muitas vezes tinha se separado em função da dura carreira do marinheiro.

Ernesto era o único fruto dessa união e, portanto, é fácil imaginar o quanto ele seria amado por seus pais.

Entremos à sala de cerimônias, que é a peça clássica da casa, ali um sofá, cadeiras e mesas que talvez tivessem cem anos, ali os retratos dos Souzas, alguns com as velhas armaduras das guerras na África, outros com o traje da corte de D. João IV.[20] Em vez do nosso pobre papel ordinário, uma rica tapeçaria da China, que adornava as paredes. Seguia-se outra sala, espaço habitual de reunião da família e mobiliada com diferentes objetos curiosos, uma coleção paciente das viagens de D. Egas, no centro dessa sala havia uma mesa toda feita de mármores coloridos, sustentando uma grande urna de cristal e dentro dela um modelo em marfim, da nau em que D. Egas ganhou a sua modesta fortuna.

Não faltavam peles raras; objetos de mineralogia e de his-

---

18 D. PEDRO IV: O imperador brasileiro Pedro I levava o título de Pedro IV em Portugal.
19 D. MIGUEL: Irmão de Pedro I, foi o Rei de Portugal e Algarves entre 1826 e 1834. Foi expulso do país após batalha contra o irmão.
20 D. JOÃO VI: Rei de Portugal de 1640 até a sua morte, em 1656. Foi o líder da Guerra da Restauração pela conquista e reconhecimento da independência de Portugal do controle da Espanha.

tória natural ornamentavam as mesas, e em vez de alguma porcelana comum ou algum vidro imitando cristal, era mais seguro encontrar um pedaço de cristal de rocha bruta, uma opala, uma concha cheia de pérolas etc., etc.

Não abriremos a porta da alcova de Dona Maria de Souza, mãe de Ernesto, onde durante tantos anos goza essa felicidade, a mais bela de todas, a de um amor honesto e legítimo.

Eis aqui o quarto de Ernesto, ou melhor dito, o apartamento onde ele morava. Este ocupava uma construção de doze varas[21], dividida em três peças. Um aposento modesto, limpo e arrumado como o de uma virgem, contígua a uma sala de vestir e a uma salinha com janelas para o mar, o que há de mais notável ali, são as duas estantes de mogno fechadas por vitrais; não há mais romances entre esses livros todos, do que o de Paulo e Virgínia[22], os outros são dicionários de línguas, livros da faculdade de medicina, viagens, história, filosofia e uma rica edição do Evangelho. Nenhuma gravura licenciosa, nenhum desses romances livres que provocam a alegria da maioria dos jovens.

Os retratos de D. Egas e Dona Maria presidiam o recinto do estudioso jovem; uma flauta e um violão sobre a mesa traziam à mente o trovador noturno de Botafogo. Em outro canto, vemos uma escopeta de caça, alguns vasos com flores, uma escrivaninha etc. E se, usando o nosso privilégio de espiões, abríssemos qualquer uma das gavetas, visíveis ou secretas dessa escrivaninha, não encontraríamos nem bilhetes nem recordações de antigos amores ou de uma dessas relações íntimas às vezes inevitáveis na juventude.

A limpeza, ordem e tranquilidade daquela casa eram o símbolo da pureza e serenidade da alma de seus moradores.

---

21 **VARAS:** Optamos por manter a palavra vara, usada nesse período no Brasil. Traduzir medidas em textos da época do Império torna-se uma tarefa difícil, devido à imprecisão das medidas. Uma vara, por exemplo, corresponderia a 1,10m, segundo estudo de Flávio R. Cavalcanti.

22 **PAULO E VIRGÍNIA:** Romance escrito em 1787 por Bernadin de Saint-Pierre que reproduzia o ideal do Iluminismo. Baseado nos conceitos em voga na época, concentra todas as características românticas do folhetim, sendo traduzido para diversos idiomas, inclusive o português.

Para completar o quadro, vemos nos rostos sorridentes e satisfeitos dos escravos, que eles são tratados como filhos por seus senhores.

Assim, já sabemos o que Gabriela tem que esperar do amor de um jovem cujo único amigo até ali fora seu pai: que não teve nem desvarios, nem amores, nem aventuras, e que a ama com a mesma sinceridade que ela a ele.

Dizer como se passavam ali os dias e as noites é impossível, pintar essa felicidade tranquila e profunda não é possível com palavras.

Eles viviam bem com todo mundo sem frequentar com excesso a sociedade. Não se preocupavam com sua nobreza e se nutriam algum orgulho era o da extrema dignidade de suas ações. Não eram ricos como vocês podem ver, nem inteiramente pobres, mas ninguém entrava sem emoção naquela sala, uma página arrancada da história de uma nação nas tradições de uma de suas primeiras famílias; ninguém encarava sem respeito aqueles velhos guerreiros das cruzadas da África, nem era possível reclinar-se numa daquelas antiguíssimas poltronas consagradas por tantas memórias históricas. Por isso os Souzas recebiam em sua modesta residência os primeiros personagens do império e aqueles que aportavam no Rio de Janeiro, e isso com a mesma graça e desenvoltura como se estivessem no palácio de seus avós.

Em seu regime interno eram observados esses costumes de bom-tom, polidez e delicado galanteio que caracterizam a alta sociedade de todos os países; maneiras que não se aprendem senão com a primeira educação, e que dificilmente imita aquele que deve sua grandeza puramente à riqueza.

Assim é que prescindindo de todos os defeitos inerentes à humanidade, pelo menos a educação moral, religiosa e inteligente de Ernesto de Souza era uma garantia para Gabriela, e para nós que já o conhecemos, suponho que será um amigo simpático com quem não será desagradável entreter-se nos momentos de lazer.

8.
SITUAÇÕES

Um longo mês se passou desde o último baile do cassino. Muitas coisas aconteceram nesse espaço de tempo; Pedro partiu para São Paulo jurando às suas irmãs que não há de ser ele quem se case contra a vontade de sua prima, e que pelo contrário, há de protegê-la em seus amores com o tal tenente de quem já tem notícia: o adeus foi tão doloroso como o de irmãos que se separavam pela primeira vez na vida, e que ao separar-se só esperavam sofrimento.

A chácara de Botafogo estava silenciosa como nunca e seus moradores dissidentes e melancólicos.

Dona Carolina continuava com audácia seus projetos sobre Gabriela, havia enviado um dos seus ao engenho de Macacu para trazer o louco, mas este havia resistido a sair dali: então, decidiu que o Comendador em pessoa iria arrancar o infeliz demente dos braços dessa família providencial que se havia criado sem saber.

Enquanto isso o procurador da família havia começado as diligências para o casamento; é verdade que o caso era polêmico, e os escrúpulos da igreja só se aplacam a base de ouro.

Nem a mãe nem a filha se dirigiam a palavra: dona Carolina estava mais autoritária que de costume, Gabriela, pálida e abatida, conservava sempre em seus olhos as marcas úmidas de tantas lágrimas que derramava dia e noite... Mariquinha também andava chorosa, as rosas de suas frescas bochechas estavam cobertas por uma leve nuvem de palidez... Se esquecia da sua tristeza, ria com suas mucamas ou passeava pela varanda, de repente se sentava pensativa e uma lágrima silenciosa deslizava dos seus negros cílios!! Sofria pela Gabriela que permanecia dia e noite presa em seu quarto, lembrava-se de Pedro, de seu travesso companheiro, do tempo em que todos brincavam e viviam alegres e tranquilos... Conversava sobre todas essas coisas com sua escrava favorita; depois de lembrar, passo a passo, o caminho que haviam percorrido até ali, depois de recordar, cena por cena, desses quadros de família, dessas festas de outros tempos, ambas suspiravam, rezavam, pediam a Deus fervorosamente sua proteção, ofereciam novenas, mil promessas de sua inocente e simples devoção que as consolava e lhes fazia mais suportável o presente, esperançosas nessa misteriosa providência cuja mediação eficaz viria a lhes devolver esses dias serenos que já iam perdidos sobre o oceano movediço da vida, flores que a mão avara do tempo havia segado e que não voltariam jamais, fracassadas suas devoções e novenas!

E Ernesto? Pobre apaixonado, não pensava em outra coisa que nas misteriosas palavras de Gabriela. Queriam casá-la com outro!... E esse outro? Ele não sabia quem era!

Por um esforço supremo da vontade, reagindo contra o impulso veemente das paixões, Ernesto assistia às suas aulas e preenchia as horas prescritas ao estudo; mas andava triste, preocupado; rondava de noite ao pé da chácara de Botafogo; alguma vez fez ouvir os doces sons de sua flauta que Gabriela escutava, de joelhos, no fundo de seu aposento... ou entoava uma canção cujos compassos fugitivos a brisa levava longe, sem chegar sequer aos ouvidos de sua querida!

Outras vezes, Ernesto montava a cavalo, percorria os arredores de Botafogo, cansado de buscar em vão a imagem que lhe cobria o mistério e a ausência, soltava as rédeas a seu cavalo, e se embebia em seus tristes pensamentos! Algumas vezes se perdia nas montanhas do Andaraí, outras subia a Tijuca, e inúmeras noites passava vadiando, voltando para casa aos primeiros raios do dia.

Ernesto gozava de inteira liberdade na casa de seus pais, por isso entrava e saia segundo desejava, mas este seu novo regime de vida e a angústia de seu coração, não demoraram a imprimir a marca do sofrimento na pálida testa do mancebo: um leve círculo violeta cercou seus olhos, e o mal-estar físico e moral, precursor da febre, vieram a alarmar muitíssimo os moradores do Saco do Alferes.

Ansiosos e aflitos, observaram o seu querido filho sem atrever-se a interrogá-lo, esperando que confiasse nos seus velhos e fiéis amigos: não demorou a acontecer assim, e a primeira vez que o jovem viu os olhos de sua mãe encherem-se involuntariamente de lágrimas e o rosto sereno do seu pai apresentar um pensamento doloroso, segurou-os pelas mãos, sentou-se no meio deles, e apertando-os contra seu peito lhes pediu perdão por tê-los deixado aflitos; confessou seu amor e seus martírios e tudo quanto sofria há um mês pela incerteza em que estava do destino de sua amada, e por não poder penetrar o mistério que a rodeava.

O velho Souza respirou, dona Maria abraçou afetuosamente o seu filho e se convenceu de que o modo mais rápido de sair da dúvida e da tristeza era o pedido oficial da mão de Gabriela para o jovem Souza.

De modo que Dom Egas mandou preparar sua carruagem para o dia seguinte ao meio-dia; e desde essa noite tirou seu uniforme de gala, colocou no peito dessa casaca todas as cruzes e condecorações que possuía, não se esqueceu de seu melhor colete bordado, sua fina camisa de Olan, sua rica espada com cabo de turquesas, e por último, o velho não se esqueceu de nenhum requisito daqueles que podiam contribuir a dar a maior solenidade ao passo que ia dar.

Enquanto Ernesto comeu alguns biscoitinhos com chá, pois fazia dias que quase não se alimentava, esteve mais animado, e quando se retirou a seu quarto, fez três ou quatro páginas de uns versos ruins à dama de seus pensamentos, e dormiu sonhando que se casaria dali a oito dias.

9.
A FUGITIVA

Essa noite que acabava de passar para Ernesto, tão calma e esperançosa, foi a mais cruel e terrível para Gabriela. Na tarde anterior, o Comendador havia chegado trazendo seu infeliz irmão meio-amarrado, única maneira de fazê-lo entrar no coche e evitar que fugisse durante o trânsito e entrasse em alguma selva impenetrável.

O aspecto de D. João espantava, seus cabelos estavam arrepiados, seu rosto cheio de barba, porque fazia oito dias que ele não se deixava barbear, nem lavar, nem vestir, em seus olhos brilhavam a inquietude e a fúria da loucura.

Em vão D. Carolina com pérfido cuidado procurava acariciá-lo e aproximar-se dele, porque o louco fugia dela e gritava com voz rouca e convulsionada: —Camila! Camila!

Imediatamente mandou-se chamar o médico da casa: o doutor mandou que amarrassem o doente e, à força de ventosas, sanguessugas e sangria, deixou-o em perfeita calma que parecia mais um cadáver do que um ser vivente.

A isso se chamou de notável melhoria; o insano, exaurido de forças, caiu numa espécie de idiotismo que o Dr. classificou de tranquilidade e os presentes teceram novas coroas para o sábio discípulo de Hipócrates, e houve quem desejasse ter, nem que fosse mais que uma leve indisposição, só por ter o prazer de receber a vida de sua mão.

Enquanto isso, Gabriela, que ouvira de seu quarto o barulho inusitado da casa e os gritos do seu prometido ou, melhor dizendo, do namorado com que a ameaçavam, perdeu os sentidos várias vezes nos braços de Alina, que fiel como um cachorro ao seu dono não desamparava sua querida ama. Que noite para Gabriela! Imagine-a, nossas leitoras,[23] colocando-se por um momento no seu lugar.

—Oh! Alina! - dizia a infeliz – meu tio chegou! O que será de mim meu Deus!

—Sinhazinha! – respondia Alina – ama do meu coração! Tua escrava rogando a Deus muito! Não ouve a mim![24]

—Pobre Alina! Tu pelo menos tens compaixão de mim!

—Oh! Muita! Eu mãe de minha ama, eu não faz isso!

—É preciso tentar um último esforço – disse Gabriela –, e levantando-se da cama onde há dois dias a febre e a prostração a mantinham, dirigiu-se ao quarto da mãe.

A pobre jovem tinha enfraquecido tanto, estava tão pálida, suas feições tão desfiguradas que o Comendador e sua mulher ficaram um pouco surpresos ao vê-la, principalmente o pai que era menos malvado que as duas matronas, às quais vivia subordinado; mas a um sinal de D. Carolina saiu do quarto não sem antes fazer uma carícia insignificante na filha.

Gabriela se ajoelhou em silêncio e abraçou, chorando, os pés de sua mãe.

—O que tens Gabriela? Que pranto é esse? – disse D. Carolina em tom de estranheza.

—Mãe... eu ouvi tudo... meu tio chegou!!!

—E bem, o que te assombras nisso?!...

—Oh! Seus gritos me congelaram de medo e pena... Mãe, não é verdade que esse casamento com o qual me ameaçais é ilusório? Não acontecerá?

---
[23] LEITORAS: Manso usa o feminino por se tratar, especificamente, de um pedido que ela faz para que as leitoras se coloquem no lugar de Gabriela, uma mulher que vive o drama de um casamento por imposição, tão comum à época.
[24] Mantivemos a intenção da autora em tentar reproduzir uma linguagem mais próxima do discurso oral.

—Pela teimosia de uma menina, não se perturbam sábias combinações de família.
—Então quereis violentar-me?
—E tu queres desobedecer aos teus pais?
—Não é possível essa união, Mamãe.
—Já me disseste isso antes e eu já te respondi.
—Então devo morrer?
—Oh! Não sejas boba, uma mulher não morre porque a casam contra o seu gosto e muito menos quando se adquire uma fortuna com esse casamento.
—De sorte que só um milagre da Providência poderia me afastar do meu destino fatal.
—Chega de loucura e impertinência – gritou D. Carolina, empurrando a filha –, levanta-te e retira-te a teu quarto, e deixa de bobagem. Amanhã, aproveitando a melhora de João, os contratos serão assinados e assim que o médico disser que não há perigo se casarão. Pela última vez repito, não exageres um pequeno sacrifício com o qual obterás uma posição vantajosíssima... esses amores que perturbam tua cabeça não valem a pena sequer ser lembrados. Sabes o que acontece com a maioria das moças que se casam por amor com um desses galanteadores da moda? Que aos seis meses de casamento eles já desprezam a mulher e a substituem por qualquer amante; e aquela que se sacrifica por algum homem não vai enganada, porque o pagamento que eles dão é sacrificar por sua vez a que se sacrificou por eles.

Pensarão nossos leitores que exageramos? Não, infelizmente, nada tão normal quanto esse ceticismo revoltante entre muitas mães que acreditam, assim, dar lições de experiência às filhas, enquanto semeiam espinhos para o futuro.

Gabriela ouviu a mãe sem responder mais uma palavra, não chorava e ao se retirar disse a sua mãe, como sempre.
—Boa noite, mãe. Sua bênção.
—Boa noite, filha. Deus te abençoe. Ah! Escuta, tua avó te encomendou um dos mais ricos enxovais de noiva e outros

luxos, a Siebs[25] fará teus vestidos, amanhã ou depois iremos à cidade. Vai e descansa.

—Está bem, mãe – respondeu a infeliz menina, e foi para o quarto. Alina a esperava inquieta e, ao vê-la, correu para ela.

—Que diz, Senhora?

—Não há esperança... Alina, eu vou fugir esta noite!

—Eu com vós, Sinhazinha?

—Não pode ser.

—Oh! À noite sozinha vós?

—Sim.

—E para onde?

—Para um convento!...

—Vós freira, minha ama? Eu não ver-te mais?

—Será o que Deus quiser!

Ambas ficaram em silêncio o resto da noite. A cada hora que batia o relógio que havia na sala de jantar e os relógios das Igrejas que se ouviam ao longe no silêncio da noite, redobrava a aflição de Alina, que ia perder sua ama e talvez para sempre... a pobre escrava não tinha ninguém no mundo além dela!

Por fim, deram duas da manhã.

—São duas horas – repetiu Gabriela, e aproximando-se da janela viu que ainda era noite, que as estrelas brilhavam no céu... daí a um momento o portão de ferro da chácara rodou sobre as dobradiças, os escravos de ganho[26] foram saindo um a um, Gabriela contou o último, e seria por volta das três horas quando abriu a janela, ergueu o vitral e seguida por Alina desceu a ladeira; chegando à porta lançaram-se nos braços uma da outra, ali não havia escrava nem senhora, nem branca nem negra, havia duas mulheres aflitas, cujos corações igualavam a dor e a amizade.

---

25 SIEBS: A loja de "Madame Siebs" ficava na Rua do Ouvidor, 137 e, de acordo com "Boas costuras, belas figuras", estudo realizado por Mariana de Paula Cintra na Universidade Estadual Paulista, "vendia vestidos e manteletes segundo os modelos de Paris; aprontavam-se vestimentas de luto dentro de vinte e quatro horas".

26 ESCRAVOS DE GANHO: Os escravos de ganho, no contexto do Brasil colonial e do Império, eram escravos obrigados pelos seus senhores a procurar nas ruas uma ocupação paga, levando para casa ao fim do dia uma soma de dinheiro previamente estipulada.

Gabriela começou a andar e Alina, de joelhos, a seguiu com as mãos cruzadas em oração, até que seus olhos não puderam mais distinguir as ondulações do branco vestido de sua adorada ama e que a areia amortecesse os passos de sua carreira... então, Alina deu os mais violentos sinais de desespero, até que, acalmando-se um pouco, subiu a ladeira veloz como um cervo, entrou no quarto de sua ama, e deitou-se em um canto, cobrindo a cabeça e remexendo em sua mente de que modo executaria a cena de comédia que teria que representar essa manhã. Nós não a detalharemos, primeiro seguiremos os passos de Gabriela, a veremos atravessar a praia de Botafogo, a rua do Catete, o Cais da Glória, a praça da Lapa, e pegar a rua de Santa Teresa, com ela subiremos a ladeira que leva ao convento[27] com esse nome, localizado em uma situação tão pitoresca quanto um sepulcro no meio de um jardim de flores exuberantes!

A luz branca da madrugada lutava contra as últimas sombras da noite... Um murmúrio surdo e distante anunciava que a vila imperial estava despertando. Uma multidão de carroças já rodava por suas ruas, o colono europeu dirigindo-se ao trabalho cantava a canção nacional, último elo que o ligava às memórias de sua casa; o negro tocava em sua marimba o sofrido lundu[28] de seu país natal, e os sinos da igreja chamavam para a missa matinal.

Gabriela entrou na portaria, sua mão trêmula sacudiu a corda da campainha e a roda giratória se abriu.

—Quem está aí? Perguntou uma voz nasal bastante rascante.
—Sou eu, madre.
—Eu quem?
—Oh! Abre-me, por misericórdia!
—Aqui não entra ninguém sem ordem do capelão.

---

27 **CONVENTO**: Por sua posição geográfica e sua beleza arquitetônica, o Convento de Santa Teresa aparece em destaque nas pinturas, desenhos e gravuras feitas nos tempos coloniais e do império.
28 **LUNDU**: Dança e canto de origem africana, introduzida no Brasil pelos escravos vindos de Angola. Durante o século XIX, o lundu virou lundu-canção, sendo apreciado em circos, casas de chope e salões do Império.

—E eu não poderia falar com a madre abadessa?
—Mas diga o que quer.
—Entrar no convento – disse Gabriela com uma voz quase imperceptível.
—Bem, e por que vem sozinha? É porque não tem pai nem mãe?

Fazia algum tempo que a solidão que a rodeava, o silêncio daquele sepulcro vivo, a agitação de sua marcha e ainda a predisposição de seu espírito, agitavam estranhamente a infeliz jovem, e esta última pergunta da rodeira,[29] evocando suas memórias a machucou tanto que sentiu uma angústia mortal apoderar-se de seu ser, e ao invés de responder, seus joelhos cederam, turvou-se a visão e caiu inconsciente ao pé da roda.

Ao ouvir a queda, a rodeira gritou.
—Jesus te proteja!

Pouco depois, ouviu-se um barulho de passos que se aproximava, o ruído de uma porta que rangia, pouco habituada a se abrir, anunciava a proximidade das freiras: algumas das mais jovens carregaram a pobre jovem e levaram-na ao locutório, enquanto chamavam o capelão. Ali a deixaremos, no meio daqueles vultos negros, que se contorciam em suposições, esperando que a enferma abrisse os olhos para lhe perguntar mil coisas ao mesmo tempo; e com o intervalo de algumas horas, por volta da uma da tarde, pra mais ou pra menos, acompanhe-nos o leitor à chácara de Botafogo, em cuja fachada para um elegante coche embora modesto: o cavalheiro que vem dentro estende um cartão ao pajem que o espera na portinhola, e este sobe correndo a ladeira, dez minutos depois o lacaio regressa, a portinhola abre-se e D. Egas de Souza, com o uniforme de grande gala, encaminha-se para a sala de cerimônia do comendador Gabriel das Neves.

Recebido por Dona Carolina é informado que o comendador estava ausente na ocasião, o nobre marinheiro fez seu pedido formalmente.

---

29 **RODEIRA:** Religiosa, não submetida a claustro, encarregada das relações da comunidade com o exterior.

Lisonjeada por tão alto favor, a senhora respondeu que já havia prometido a mão da moça em favor de um membro da família... e após alguns momentos de hesitação ela continuou.

—Embora eu acredite que minha menina tenha alguma predileção, [coisas de jovens] por seu filho, o Sr. Ernesto...

—Então é conveniente que eles se casem, senhora.

—Nem sempre se pode condescender com os jovens... como já tive a honra de dizer ao senhor, temos outros desígnios.

—Mas certamente não pretendeis perpetrar uma violência horrível com a jovem?

—Cavalheiro!

—Senhora, este é um negócio em que é necessário falar com clareza; sabeis que a nossa autoridade de pais não é ilimitada, por favor, senhora, vivemos em um país livre, tende a bondade de chamar a senhorita vossa filha.

—Ela não está em casa – respondeu Dona Carolina, mudando de cor.

—Como, senhora? E como posso interpretar vossa perturbação?

—Se não estais representando uma cena de melodrama, vós, cavalheiro, não deveis ignorar que minha filha não está aqui... e se vós o ignorais talvez o senhor Souza filho saberá.

—Creio, senhora, que ainda não entendestes que o homem que tendes aqui presente é um cavalheiro.

—Não tenho dúvidas, senhor, mas... minha filha fugiu de casa esta noite; a escrava que a servia foi açoitada e ela não quer confessar... diz apenas que a menina queria entrar para um convento...

—Que crueldade, senhora, obrigar essa jovem a dar um passo semelhante!

—Cavalheiro Souza, em sua casa cada um é rei.

—Até mesmo um louco pode ser.

—É demais, cavalheiro! Vê-se que vossa cortesia é falsa.

Uma boa cólera de marinheiro franziu as sobrancelhas do velho Souza, mas ele se conteve e, erguendo-se, respondeu a Dona Carolina com toda a civilidade.

—Não nos entendemos, senhora, porém, como meu filho ama vossa filha e ambos são dignos um do outro, e que meu filho seria infeliz e sofreria, e como eu também sou um cavalheiro e de linhagem muito ilustre, eu irei se a senhora permitirdes, e se não quereis é o mesmo, tornar-me um cavalheiro guerreiro da donzela fugitiva... quebrando lanças e escudos, ou se quereis, bombardeando quantos conventos haja neste mundo e no outro, porque se o vosso coração de mãe manda sacrificar a vossa filha, eu penso diferente em relação ao meu filho, quero que ele seja feliz a todo custo, e com mil bombas ele será!... Senhora, ao seu dispor.

Dona Carolina estupefata não soube o que responder, e dom Egas voltou a subir em seu coche dizendo ao cocheiro:

—Para Santa Teresa. Vamos – dizia sentando-se no banco de trás de seu coche – verei primeiro em Santa Teresa e depois na Ajuda[30]... Pobre Ernesto, que golpe!... mas não importa, ânimo e adiante, a alguém o diabo há de levar desta vez contanto que não sejam os pobres apaixonados!

---

30 **AJUDA:** O antigo Convento da Ajuda, um ícone arquitetônico e grande referência do Rio de Janeiro de outrora, existiu até a primeira década do Século XX na extinta Rua da Ajuda, situada onde é hoje a Praça da Cinelândia.

10.
DESENVOLVE-SE O DRAMA

Enquanto o coche de dom Egas corre velozmente pela praia de Botafogo, a caminho do monastério de Santa Teresa; vejamos o que aconteceu com o Comendador. Assim que foi descoberta a fuga de Gabriela, para proceder em ordem, dom Gabriel foi à casa da senhora para lhe contar o que havia acontecido e para receber conselhos da sua prudência e experiência: Dona Maria estava nesse dia com o diabo nas tripas, como vulgarmente se diz: desde o amanhecer, que haviam iniciado as punições, e a fé de que a vizinhança não deveria estar muito satisfeita de tal espancamento; mas em atenção à posição do carrasco ninguém fofocava. Dona Maria recebeu seu filho com duas pedras nas mãos, lhe deu um sermão de uma hora e meia, e concluiu mandando que tratasse de descobrir o paradeiro desse estudante apaixonado por Gabriela, porque era natural que fosse ele que a tivesse tirado de casa, argumentando que os estudantes eram jovens sedutores sem princípios, etc.

Dom Gabriel obedeceu e foi perguntar sobre a moradia de Ernesto de Souza, no entanto, mais precavido do que a senhora sua mãe, andava contente, tanto perguntou pela vizinhança, tantas informações recolheu sobre sua conduta exemplar e a respeitabilidade do velho marinheiro, que regressou para prestar contas de sua infrutuosa escaramuça, e submeter-se a novas ordens.

Eram cerca das doze da manhã, quando o comendador voltava do Saco do Alferes, hora em que saiu dom Egas para Botafogo, e o Sr. das Neves ainda avistou o coche deste parado à porta.

Ao voltar à casa de sua mãe, viu um grupo de pessoas em sua porta, escravos que corriam de um lado para o outro e o alarme dos vizinhos; o comendador saltou da carruagem e subiu correndo as escadas, foi recebido pelos escravos em confusão, dona Maria estava tensa e roxa em sua poltrona, aniquilada por uma furiosa apoplexia. O comendador enviou a seu pajem no coche para que chamasse o médico, enviou outro escravo diligente ao *Morro do Castelo*[31] para buscar um sacerdote. Enquanto isso tirou as chaves do bolso de sua mãe, fechou a sala de visitas ricamente decorada com detalhes de ouro e prata, visitou os quartos, guardando tudo o que era de valor, mandou suspender as punições que ainda duravam em uma das salas interiores, levar ao hospital os açoitados, tirar das prisões os engrilhados; guardou as costuras e os bordados em que trabalhavam as costureiras, despachou as vendedoras de rua, e o resto dos negros foram trancados em um quarto onde costumavam dormir. Ao lado da enferma, só ficaram ele, as quatro mucamas de costume, duas escravas mais velhas e outro pajem ágil e entendido para recados. As coisas assim arranjadas, embora rapidamente ordenadas, gastaram cerca de meia hora do tempo; finalmente, cerca de uma hora, chegou o Dr. S.S., começou por fazer uma cara de desagrado, balançar a cabeça e declarar que a enferma não se salvaria, fizeram-lhe duas sangrias, uma no braço e outra no pé; ou seja, se deixou correr o sangue até que a respiração começou a se tornar mais regular; e nesse instante entrou um homem

---

31 MORRO DO CASTELO: O local faz parte da história de fundação da cidade do Rio de Janeiro. Foi onde se estabeleceram seus primeiros habitantes e governadores. Era onde estava a sede de sua primeira catedral, São Sebastião e a sepultura de Estácio de Sá. Com a reforma urbana implementada pelo prefeito Carlos Sampaio (1920-1922), houve a demolição total do Morro do Castelo.

velho, vestido de carmelita,[32] era um padre missionário, o primeiro que o escravo, a quem deram essa ordem, encontrou.

O padre Antônio, era alto e robusto, aparentava ter setenta anos, sua cabeleira e barba eram brancas, sedosas e brilhantes; suas feições eram regulares, mas de uma doçura e nobreza extraordinária; era um pobre missionário que caminhava entre selvas e desertos há quarenta anos, sua passagem nas cidades era acidental. Quem era ele? Todos o ignoravam; falava todos os idiomas europeus, e uma porção de dialetos da África e da América; se se conversava com ele, em um instante se descobria conhecimentos não populares e uma vasta erudição.

Modesto, calado e doce em suas maneiras, ao entrar no salão em que estava a enferma, sentou-se em um canto esperando que o chamassem.

Depois das sangrias, vieram os cataplasmas, as ventosas e outra porção das usuais beberagens da escola empírica; o Dr. se retirou ao final com a promessa de retornar em breve e mandando já preparar a doente: então o Comendador lhe mostrou o missionário que estava sentado em seu canto observando em silêncio até ser questionado. Quando o médico saiu, D. Gabriel se aproximou do padre Antônio e lhe disse:

—Padre, mandei chamar o senhor, pois caso a doente volte a si, para aproveitar os momentos para se confessar e se acertar com Deus: o senhor terá paciência, sei que ficará aqui até que seja necessário, nós o recompensaremos generosamente.

—Eu não aceito recompensas neste mundo filho, contestou-lhe o velho com doce severidade; não necessito de dinheiro, e faz muitos anos... desde que tenho este hábito, que minhas mãos não tocam moeda alguma... não te digo por soberba, mas sim te previno, porque eu ficarei aqui todo o tempo que seja necessário, sem outro interesse que o dever que todos temos neste mundo que é o de ajudar-nos uns aos outros.

—Bem padre, mas, por exemplo, se a senhora falecer nes-

---

32 **CARMELITA**: Segundo a "Orden de los Carmelitas", o hábito de um religioso camelita compõe-se de uma túnica preta com capuz, um cinto de couro afivelado à cintura, um escapulário e uma capa branca.

ta ocasião, o senhor não se negaria a dizer as missas que lhe pedissem e... e nesse caso não recusaria uma compensação que todo sacerdote recebe.

O missionário moveu a cabeça, como quem faz comentários consigo mesmo e após uma curta pausa repetiu:

—Filho, deixemos esta questão para depois, agora seria inoportuna, meu modo de pensar e meu modo de ser, não são agora coisas que deva ocupar nossa atenção; é necessário tratar desta infeliz que nos deixa para se apresentar diante de Deus; é tua parenta, filho?

—É minha mãe, contestou comovido o Comendador.

O aspecto do missionário, sua voz grave e sonora, o olhar sereno e nobre de seus grandes olhos azuis, e o ar de seus discursos, causavam uma rara impressão no Comendador, como se estivesse na presença de uma autoridade irrecusável.

—Sabes, filho, se tua mãe já havia feito o testamento?

—Acredito que não... na verdade não, padre, porque ela nos teria comunicado a mim e à minha mulher...

—Não há outros filhos?...

—Só mais um, meu irmão mais velho...

—Onde ele está?...

—Atualmente em minha casa... mas está doente... é demente.

—Ah! Demente? Pobrezinho!... pelo que vejo, filho, sois ricos. E esse teu irmão tem filhos?

O comendador cruzou os braços e inclinou a cabeça sobre o peito. Uma estranha perturbação se apoderava de sua alma! Nada lhe havia dito o religioso que tivesse relação com os acontecimentos de sua família, mas esse interrogatório tão simples vinha despertar um certo remorso, uma angústia que não podia vencer nem decifrar... havia como que uma voz misteriosa que lhe dizia que o momento de justiça havia chegado, e um mensageiro de Deus vinha para responsabilizá-los de suas ações... após alguns minutos, respondeu a seu interrogador:

—É verdade, padre, meu irmão tem filhos e nossa família

é poderosa e rica.

—Então, filho, assim que tua mãe recobrar os sentidos, se Deus quiser é necessário, antes de tudo, que se ocupe de seu testamento.

—Pois então não é mais preciso que se confesse?

—Uma confissão, filho, não é outra coisa senão a relação de nossas culpas, depositada no seio de outra criatura, mas um testamento pode ser um monumento expiatório, uma reparação completa, das queixas, ou das injustiças que tenhamos cometido no mundo; é necessário, ainda vivos, despojar-nos sem dor de todos os bens terrestres, tendo em conta as palavras do Divino Mestre, que disse: "é mais fácil passar um camelo pelo fundo de uma agulha do que entrar um rico no reino dos céus."

—Mas padre, eu acredito que o senhor pode absolvê-la de suas culpas... Um testamento... enfim, eu sou herdeiro único e forçoso... meu irmão demente...

—Não filho, não és o único! E os filhos do teu irmão? E mesmo que esses tesouros fossem teus! Será possível que negues à tua mãe, que ao preço de bens mesquinhos, ela não possa reparar o mal que talvez tenha feito neste mundo? Eu sou um estranho, e intercedo por ela, porque vejo que ela vai à presença daquele juiz, cuja justiça não se compra com dinheiro, nem com bajulação, mas sim com caridade e virtude... De que te serviria, meu filho, poupar esse dinheiro, e se viesse a morte amanhã não terias que responder por tuas culpas e pelas de tua mãe?

—Pois bem, padre, mandarei chamar um escrivão.

Assim que saiu o Comendador, o missionário cruzou as mãos em oração e orou em silêncio, com tal devoção e recolhimento, como só a virtude pode fazer. D. Gabriel voltou e, novamente, o fervoroso religioso, com um ar suave e sério, tornou a conversar com ele.

Eram mais de duas quando Dona Maria deu sinais de vida, balbuciando algumas palavras; seu filho e o religioso se aproximaram dela; olhou primeiro para o Comendador e pareceu

conhecê-lo, depois pregou os olhos no sacerdote, estremeceu, levantou seu olhar para o teto como se buscasse alguma coisa em cima... Divagou pelos objetos que a rodeavam, se deteve em seus escravos que estavam ali com os braços cruzados, sacudiu a cabeça e soltou um suspiro do íntimo de seu coração!... Estendeu sua mão trêmula buscando a do religioso, e quando este lhe deu apertando-a suavemente, Dona Maria quis levá-la a seus lábios... e duas lágrimas espessas e frias rebentaram-lhe dos olhos... Não chorava desde criança... Seu olhar se animou e fixando-o em D. Gabriel pareceu dizer-lhe:
—filho, salve-me! Você conhece minhas culpas, fale! Porque eu não posso...

—A senhora quer algo mãe?

A enferma fez um sinal de afirmativa.

—Gostaria de se confessar, filha? – perguntou o religioso.

Dona Maria olhou para ele com uma expressão indescritível de dor e ansiedade, pôs a mão sobre seu coração, levantou os olhos para cima e pondo um dedo nos lábios, fez sinal de que não podia falar.

—Espera em Deus, filha – disse o religioso –, espera em sua misericórdia... Ele há de conceder-te que te confesses e que faças teu testamento.

A esta palavra, a enferma aprovou vividamente e mostrou grande ansiedade.

—Repousa, filha, voltou a dizer o missionário, e não te desesperes, que Deus não há de te abandonar.

Os dois homens se afastaram; o Dr. voltou em um momento, renovou as sangrias, e mandou aplicar cinquenta sanguessugas, na nuca, nas têmporas, no pescoço, por toda parte; colocou mais ventosas, cataplasmas, clisteres etc., etc.

Eram três horas e o Comendador disse ao religioso que era urgente o regresso à sua casa para prevenir a sua mulher, que até ali, não havia querido enviar um escravo para não a alarmar, pois muitas emoções já se sucediam em sua família desde o dia anterior, e assim lhe implorava que velasse pela doente que dali a uma hora estaria de volta.

O religioso lhe assegurou que cuidaria da enferma como se fosse sua própria mãe, que ele poderia ir sem ansiedade; assim fez o Comendador, voltando a toda pressa a Botafogo, para coordenar com sua esposa o que deveria ser feito naquele caso.

11.
MARIDO E MULHER

A visita de D. Egas de Souza havia deixado Dona Carolina em soçobra; mil ideias, mil suspeitas lhe passavam pela mente; a seu ver era uma rara coincidência o pedido do marinheiro, justamente poucas horas depois da fuga da filha. São eles – exclamava a boa senhora –, que devem tê-la persuadido! Não era lógico o seu raciocínio, porque se fosse, ela veria que ninguém pede o que possui e que antes de pedir a mão de sua filha que já não podia negar, já que esta não estava mais em seu poder, eles teriam procedido de outra forma, e em vez de um pedido, ela teria recebido a simples participação de que sua filha estava casada, ou a caminho de fazê-lo judicialmente.

Dona Carolina não pensava assim e tecia na cabeça uma teia de absurdos, traições e desatinos. Irritada com a fuga de Gabriela, irritada com a declaração de guerra do marinheiro e com a demora incompreensível do Comendador, ela traçava planos, executava vinganças e não dava trégua a ninguém. Ela havia revistado todo o quarto de Gabriela, travesseiros, colchões, tudo se desfez para ver se aparecia alguma prova manuscrita que denunciasse a fugitiva e que pudesse servir como norte do rumo que se devia seguir.

Cansada de procurar, vasculhar e examinar, sua fúria se

voltou contra a infeliz Alina. Apesar da boa atuação desta fingindo surpresa ao noticiar a ausência de sua ama, de nada adiantou, pois Dona Carolina havia mandado açoitá-la para que confessasse onde estava: Alina sabia que ela ia refugiar-se em um convento, não sabia na verdade em qual, e nada mais tinha que confessar. Mas isso não satisfazia Dona Carolina. E quando se cansou de pesquisar, de renegar os Souzas, de mandar um escravo a cada dez minutos para ver se avistava o coche do Comendador, ela se irritou com a infeliz Alina, chamou-a de volta à sua presença e começou a fazer-lhe mil ofertas, seja de dinheiro, de vestidos, até de sua liberdade, para que confessasse se sua ama não recebia cartas de algum rapaz, se ela nunca havia falado de algum com ela etc., etc.; perguntas infames todas; Alina de nada sabia e por isso não lhe custava negar; contudo, sua ama vendo que suas ofertas no surtiam efeito, recorreu de novo aos açoites.

Existem diversos castigos nos países escravocratas, mas o das mucamas quase sempre nos pequenos delitos se restringe à palmatória; Alina já havia recebido o suficiente essa manhã; suas mãos ainda estavam inchadas e doloridas; por isso, diante da nova ameaça de punição, ela chorou e implorou; foi em vão. Veio o terrível feitor e recomeçou o suplício da vítima. Quando as mãos de Alina estavam todas arrebentadas, gotejando sangue, eles a deixaram lamentar seu martírio em um canto e Dona Carolina voltou a enviar escravos em diferentes direções; enquanto buscava resposta a sua inquietude, voltou a chamar a Alina, novas promessas e novas ameaças lhe foram feitas, mas Alina já estava determinada[33], e quando um negro fica obstinado e obcecado, poderão matá-lo, ele é valente para a dor, e é indiferente às promessas, só o afeto reina em seu coração e doma sua natureza irritada. Se Dona Carolina ameaçou, Alina respondeu que a matassem, pois já a haviam castigado à toa duas vezes, era melhor acabar logo.

Para uma mulher soberba e enraivecida como a senhora

---

33 **DETERMINADA:** No original aparece a palavra "especinada", do verbo "especinar", que não existe em espanhol. O correto seria "empecinada", do verbo "empecinar", que significa não querer ceder.

do Comendador, que não conhece outra lei senão seu capricho, nem outro freio à sua cólera além da vingança, foi o desafio imprudente da escrava, um terrível incitamento.

A pobre negra foi levada para o quartel do castigo, brutalmente despida, amarrada ao tronco da dor, e torturada diante daquela fúria sem alma e sem consciência!

Em vão ela viu a carne de sua vítima enrugar-se açoitada pelo chicote, depois voar em pedaços e o sangue correr de seu corpo; ela sequer piscou! Aos gemidos de angústia, aos gritos de dor, ela respondia com uma risada triunfante e com irônicos apelidos!

Nesse momento lhe avisaram que seu marido estava chegando; o castigo foi suspenso, o carrasco retirou-se, mas a vítima ficou amarrada e nua, abandonada à sua sorte.

Antes que o Sr. das Neves proferisse uma palavra, sua esposa mal o avistou e desatou uma torrente tal de insultos e palavrões que o deixaram sem fôlego para lhe responder.

Depois que a esposa desabafou um pouco a ira que a dominava e liberou a bile que desde a manhã lhe corria pelo corpo; assim que acabou o catálogo de disparates que encadeara quase sem tomar fôlego, pôde acertar a pergunta:

—E então, onde está essa filha perversa?

—Não sei – respondeu o Comendador.

Dona Carolina ficou sem palavras, parecia-lhe que ia explodir de raiva; arqueou as sobrancelhas de tal maneira, e cravou os olhos no marido, que este julgou que todos os rodeios seriam inúteis e lhe contou tudo o que havia acontecido.

Era sair de um espanto para cair em outro; a voz das paixões emudecia ante a austera imagem da morte. Dona Carolina tremeu... depois de uma trégua concedida para se recuperar do choque de tantos golpes, os esposos começaram a combinar o que era mais oportuno fazer.

Após uma análise minuciosa, foi convencido de que eles guardariam todos os adornos, como joias, prata esculpida, etc.; tudo foi colocado em um cofre de ferro e fechado dentro da escrivaninha do Comendador, alguns baús foram equipados com o que era mais necessário e foram despachados para a cidade imediatamente; o Comendador, sua esposa e Mariquinha iam instalar-se na casa da *senhora*.

A família, reduzida a três, comeu uma refeição leve, ao capataz e a uma velha escrava de confiança, foram dadas as ordens necessárias para tudo o que pudesse acontecer, e também ficou acertado que fosse enviado um enfermeiro para o louco ou que o transferisse para um hospital particular; isso ficou sem uma decisão final até ouvir o parecer do doutor.

Nossos leitores estranharão que Mariquinha não tenha intercedido por Alina... é verdade, mas Mariquinha estava apavorada com os acontecimentos que se desenrolavam ao seu redor e que, sem ter domínio sobre si mesma, arrastavam-na para a torrente de desgostos que agitava sua família, há poucas horas.

Ninguém se lembrou da infeliz Alina, e subiram no coche que os levou à corte, sem dar nenhuma ordem relativa a ela; quase na metade do caminho, foi a própria Mariquinha quem timidamente lembrou a sua mãe, e pediu permissão para assim que chegassem à cidade, enviar um mensageiro dizendo que a curassem. Dona Carolina resistiu, mas sua filha a lembrou de que a escrava podia perder os sentidos, e então, como sua cólera já havia baixado alguns graus, não por humanidade, mas por interesse, ela consentiu.

O Comendador estava tão atordoado que não dizia nada, por isso fizeram o percurso em silêncio, e quase à noitinha pararam na porta da casa da *senhora*.

Da porta mesmo Mariquinha mandou um mensageiro para Botafogo para que Alina fosse desamarrada e cuidada, só então subiu com o pai que teve a condescendência de esperá-la.

Deixemo-los aí e vejamos quem é esse cavaleiro que galopa em direção a Botafogo, que sobe a ladeira e puxando as rédeas do pescoço do cavalo, grita com voz autoritária: —O quarto de D. João!

O capataz correu ao seu encontro, gritando-lhe:

—Quem é o senhor?

—O Dr. Maurício – respondeu o desconhecido.
—Ah! É o Dr. do Engenho de Macacu!
—Sim, o quarto de D. João?
—Por aqui senhor Dr., os patrões não estão em casa; há pouco tempo foram para a cidade, a senhora está muito doente.
—Justiça do Céu! – Murmurou o desconhecido.
—Na verdade é que bem apressado me encontrava agora, e se o senhor tivesse a bondade de vir para ver a negrinha.
—Que negrinha?
—É, como o senhor é médico, e parece que está morrendo...
—Onde está?
—Neste quarto – disse o capataz, entrando com Maurício no quarto de castigo, não muito longe de D. João.

Que espetáculo horrível se apresentava ali! Alina tinha seu corpo em chagas, amarrada ao tronco e contorcendo-se nas convulsões da agonia!
—Rápido – disse Maurício –, ajude-me.
—Mas senhor – respondeu o capataz –, foi a senhora que a fez castigar, ela não falou nada quando saiu e...
—Ela se esqueceu – respondeu Maurício com um sorriso dolorido e sarcástico –. Vamos, ajude-me ou o farei sozinho.

Alina foi desamarrada, mas já era tarde... uma espuma sanguinolenta entre horríveis convulsões saía de seus lábios... e um momento depois morreu, aniquilada pelas horríveis dores do seu martírio!
—Deus receba sua alma! Murmurou Maurício pálido e comovido... vamos ao quarto de D. João!
—Entre, doutor – disse o capataz abrindo a porta.
—Bem, pode se retirar – respondeu o médico.

Assim o fez o criado, e quando o Dr. Maurício fechou a porta, aproximou-se da cama onde estava o infeliz insano, então, caindo de joelhos, soltou um choro exclamando:
—Meu pai!

O louco se incorporou, ergueu a cabeça do rapaz; os últimos raios do sol poente iluminaram o rosto viril e melancólico de Maurício com um tênue reflexo avermelhado... o louco olhou para ele surpreso, depois sorriu, a expressão de seu rosto suavizou, seus olhos se encheram de lágrimas também, e aproximando a nobre fronte de Maurício contra seu peito, respondeu-lhe:

—Filho! Meu pobre filho!

Os dois se abraçaram! Por uma súbita revolução da natureza debilitada, uma estranha reação acabava de acontecer, D. João das Neves acabava de reconhecer o seu filho, recuperando sua razão perdida há tantos anos!

Estranhas coincidências do poder arcano que governa o Universo!

Um novo sacrilégio ia ser consumado por aqueles ricos implacáveis cujo único Deus era o ouro!

Uma desventurada jovem atirando-se nos braços do acaso, obedecendo talvez a um pensamento incompreensível, tinha posto o primeiro obstáculo com a sua fuga...

A morte, que nada respeita, surpreendia a cruel Dona Maria bem no meio de sua cólera e de seus crimes... Enquanto isso, esse louco estacionário sofrendo o choque de arrancá-lo de sua vida pacífica, amarrado, martirizado novamente pela ciência, sentiu em sua memória o despertar de uma recordação adormecida há muito tempo... A tortura de Alina, cujos gritos ele ouviu, cada vez mais avivaram aquelas memórias que D. João não decifrava a quem pertenciam; eram para ele como a memória de um quadro que não sabia onde o tinha visto, era um romance que já tinha lido, não sabia onde, nem qual era o título... e quando tudo isso passava no coração do desafortunado, veio uma voz pura e vibrante dizer-lhe entre lágrimas e soluços, Pai!!!

E era nome tão doce que desperta no peito humano tudo que pode haver de nobre e bom, aquela palavra, o primeiro som que balbuciamos no berço, foi o toque galvânico que ativou aquelas fibras encolhidas e entorpecidas pela demência e dor, havia tantos anos!

Maurício, especialista na sua arte, médico-filósofo e espiritualista, compreendeu imediatamente que acontecia o que já não esperava obter, mas também não se enganou e percebeu que a partir daquele momento, as horas de vida do seu pai estavam contadas!... e, como era religioso, sua voz trêmula de emoção, espontaneamente começou a recitar o Pai Nosso... e seu infeliz pai com prazer e calor, repetia essas suaves e caras palavras da oração de Cristo, que ele havia esquecido em meio a perda de sua razão.

Era uma imagem muito expressiva aqueles dois homens, chorando abraçados, que depois dos nomes de pai e filho, pronunciavam em uníssono esse pedido de misericórdia, esse hino de louvor e de resignação, essa frase pronunciada pelo homem sobre o próprio destino, *"perdoe-nos nossas dívidas como perdoamos aos nossos devedores!"*

O Pai Nosso finalmente!

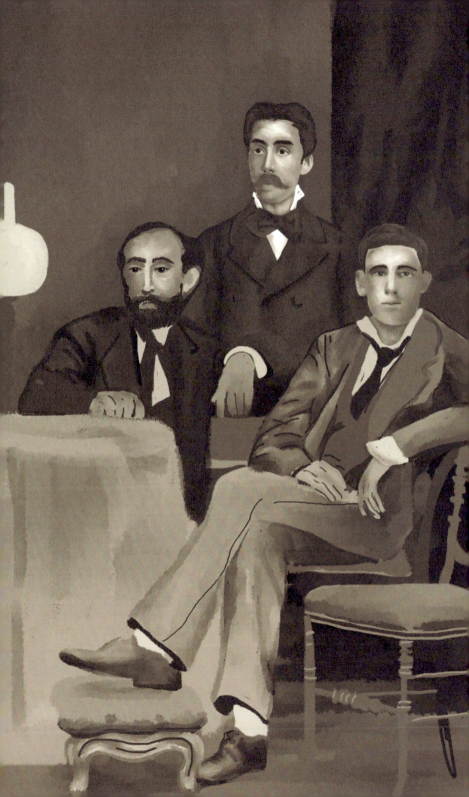

12.
O DR. MAURÍCIO

Se alguma vez no discurso desta história, houve da parte dos leitores um impulso de piedade por este louco roubado de seus amores, suas esperanças, sua juventude e sua inteligência, por um crime tão sombrio e nefasto; acreditamos também que essa pobre Camila, essa alma nobre e ardente, esse coração de ouro encerrado em um peito bronzeado, não será indiferente ao que recorra às páginas deste livro... e seus filhos? Pobres deserdados como sua mãe, tristes frutos de um amor indizível... destinados a uma dupla afronta segundo o mundo... a raça e o nascimento!

No esboço dos primeiros capítulos deste romance mal vislumbramos o perfil infantil de Maurício, e a sombra do jovem médico perpassou diante de nossos olhos, sem podermos analisá-la.

Maurício estava agora com vinte e seis anos. Era muito parecido com o pai e tinha a estatura pouco avantajada da família Neves. Era difícil classificá-lo como mulato, porque nenhuma de suas feições o traía, seus lábios mesmos não eram arroxeados, mas sim finos e pontiagudos, seu cabelo era preto e fino, não tinha nem buço no rosto, era moreno, mas havia certo reflexo de bronze dourado na sua pele fina e aveludada. Seus dentes eram branquíssimos e somente suas mãos podiam atestar sua origem; em torno de suas unhas polidas e rosadas, havia um círculo negro, um filete indelével da raça africana.

À sua alta inteligência Maurício reunia uma educação completa adquirida na primeira Capital da Europa; possuía uma rica biblioteca em Macacu e era um homem eminente em todos os aspectos... Contudo, Maurício era um escravo, e bastardo... se a organização social de seu país não lhe impedia o caminho da ambição nem do desenvolvimento intelectual, pelo menos para a raça branca não podia levantar os olhos!... enfim ele era mulato! Seus delicados instintos o fizeram fugir das mulheres de cor, o amor venal e inteiramente material, nenhum império tinha em seu coração; Maurício precisava de uma alma tão amorosa e espiritual quanto a sua, necessitava de um amor imenso e de uma mulher que valesse muito, para que a sua posse o recompensasse por tudo quanto o mundo lhe havia tirado; que lhe pagasse em milhares de carícias, os direitos que a preocupação lhe arrancara, e o envolvesse em uma atmosfera de paixão tal, que derretesse o gelo da orfandade e do abandono de seu destino. Irreflexivo nos primeiros passos de sua vida como todo jovem, mais tarde, ao retornar da França, é que começou a compreender sua posição, a de sua mãe e de sua irmã.

Cruel foi o combate que se travou no coração do médico, quando cara a cara consigo mesmo, fez um exame cuidadoso de si e das relações que o ligavam na vida... cansado de lutar em vão, e de pensar em um mundo que nem mesmo o próprio sangue do Redentor foi capaz de redimir da culpa, onde o absurdo, o egoísmo e a hipocrisia reinam sem oposição, o pobre deserdado voltou os olhos da alma para Deus, o Evangelho, grande consolador dos males sem remédio, esse amigo fiel do infortúnio, esse tesouro de eterna sabedoria, virtude e abnegação, tirou Maurício de sua dolorosa languidez, avivou a sua fé, fortaleceu seu peito e repetia com Jesus.

"Bem-aventurados os que choram, porque eles serão consolados."

"Bem-aventurados os que sofrem perseguição, porque deles será o reino dos céus."

Desse dia em diante, Maurício se preparou para todos os combates, para todos os trabalhos, para todas as aflições que viessem sobre ele, porque ele levava sua cruz e apurava seu cálice, com o pensamento fixo em Deus!

Quando Dom Gabriel enviou a primeira carta, com ordem para que o louco viesse à corte, foi Maurício quem consolou a Camila e Emília, e fez tudo o que pôde, com suavidade, para persuadir o demente... Depois veio o Comendador pessoalmente, e o infeliz D. João, maltratado e amarrado, foi impiedosamente levado à cidade. Maurício deixou o coche partir e essa noite também partiu atrás do pai, pois era seu dever acompanhá-lo, defendê-lo e sofrer com ele. Pouco lhe importava o que a família pudesse fazer com ele, havia chegado o dia em que falaria com eles de igual para igual, não como um escravo, mas como um *homem*, cujos direitos não são ilusórios, mas sim verdades, as quais, embora desconhecidas ou atropeladas, são sempre argumentos irresistíveis da linguagem da razão e da consciência. O jovem despediu-se das duas mulheres, e já vimos que chegou a tempo de socorrer o pai, e de aproveitar, no seu duplo caráter de médico e de filho, esse lampejo, essa fagulha de razão que acabava de atravessar as trevas de uma longa insensatez, túmulo hediondo da inteligência humana!

13.
O PAI E O FILHO

O sino da Ave-Maria chamava para a última oração da tarde, o crepúsculo estendia sobre a terra o seu capuz sombrio, pálidas estrelas começavam a brilhar no céu, e a lua elevava o seu disco prateado sobre os cumes das montanhas.

Os dois homens permaneceram abraçados por muito tempo, mesmo depois de proferirem as últimas palavras da oração que, como um hino de júbilo, havia brotado espontaneamente de seus corações feridos.

Maurício temia interromper o silêncio, receoso de que um grande afluxo de ideias, emoções e discursos não voltasse a perturbar aquele cérebro debilitado.

O velho também se calava como quem acorda de um sonho doloroso, procurava coordenar as suas ideias e relembrar tudo o que acontecera naquele longo período de tempo; por fim, ele suspirou e disse:

—Que pesadelo tão longo eu tive... meu filho, ajuda a minha memória, é verdade que eu estive louco?... morto?... onde estou? Ainda vivo? Como saber que sejas meu filho? Quem é a tua mãe?... Olha, estou sereno, já não sinto aquele tormento, aqui na minha testa... não, a minha cabeça está leve e fresca, porque se aproxima a minha hora... conta-me como foi isso.

Maurício sabia pela sua mãe, embora apenas em resumo, a história de D. João; de modo que começou esse relato só a partir do dia da questão com Dona Maria, cujos resultados foram terríveis para o pobre doente.

O jovem doutor tinha um tom de voz puro, sonoro e grave, falava pausadamente e empregava no seu discurso uma linguagem simples, mas eloquente: seu pai, meio incorporado nos travesseiros, ouvia-o com curiosidade e ternura, e a luz da lua, prateada e serena, iluminava aquele quadro de íntimo sofrimento que ocorria nos fundos da Chácara de Botafogo.

Quando Maurício parou de falar, D. João recostou-se nos travesseiros e voltou a chorar, depois pediu que o vestisse, abrisse uma janela de onde se via o jardim da casa e uma bela paisagem iluminada pela trêmula claridade da lua; aqui estou bem – disse ele –, depois olhou para o céu, para as árvores, para o mar e aspirou com toda sua força o ar vivificante, cheio de aromas de mil flores que ali cresciam.

—Que noite tão linda, quanto tempo faz que eu não vejo o céu, nem estrelas, nem aspiro uma atmosfera tão deliciosa!…

—Como sou infeliz, filho!…no entanto não me lembro de ter feito mal a ninguém…

—Que mal veio Jesus fazer ao mundo, e os homens o crucificaram em uma cruz!… que estranho é que nós, miseráveis mortais, sejamos vítimas do choque das paixões e ambições alheias!…

—É verdade, Maurício, quando eu era jovem e estava na Inglaterra, eu pensava como tu… eu lia a Bíblia… uma pequena Bíblia que me deu uma jovem que eu amava…

Maurício, então, tirou do bolso um livrinho bastante usado e o apresentou ao seu pai.

D. João o pegou pensativo. Será esta mesmo?

—Sim, é Senhor.

—Como está em teu poder?

—Minha mãe a guardou…

—Tua mãe?… Ah! É verdade!… Oh! Filho, perdão… o que eu fiz no meu delírio…

—O Senhor não é culpado.

—Não mesmo, enquanto a razão me ajudou, sempre respeitei as escravas... Oh! infelizes! São muito miseráveis! Estou muito fraco, filho... se Deus me conceder sua graça, amanhã decifrarei todo este mistério que me envolve!

—Sim Senhor, será melhor que procureis dormir, descansar, pois acabastes de passar por uma crise terrível...

—Falas a verdade, vamos.

Maurício colocou-o novamente na cama, acendeu uma vela, preparou uma taça limpa, encheu-a de água e despejou nela uns pequenos comprimidos brancos como a cabeça de um alfinete; o doente bebeu, pediu para apagar a luz e, em meia hora, dormia sossegado – uma transpiração semelhante a um calor suave substituíra o frio glacial das extremidades e a secura da pele.

Maurício arrumou cuidadosamente seus travesseiros, suas cobertas, acomodou-o como uma mãe a seu filho pequenino, contemplou por um longo momento aquele rosto pálido e descarnado, ajoelhou-se orando em voz baixa, com fervor... depois fechou as cortinas da cama e se apoiou no parapeito da janela, para entregar-se às suas meditações, contemplar essa bela natureza que o rodeava e abençoar a Providência, que por fim socorre os infelizes, trazendo-lhe à mente as palavras de Cristo que dizia: "Pedi, e vos será concedido; buscai, e encontrareis; batei, e a porta será aberta para vós!"

Ele havia pedido a Deus, do fundo de seu coração, que seu pai voltasse à razão, e redimisse o sofrimento dos seus, porque lhe doía ver sua mãe desonrada e sua irmã, uma escrava como ele, bastarda como ele... condenados à vergonha e à injúria!

A sua raça não lhe pesava, um exame cuidadoso de si mesmo dava-lhe a convicção de que, independentemente da cor, era igual a qualquer outro homem, tão bom ou tão mau, com a mesma inteligência, paixões e sentimentos. Maurício não se envergonhava de sua cor, mas sofria imensamente com a escravidão de sua família e com o estado de sua mãe; em sua maneira de pensar, antes a cabana do plantador no meio do deserto, antes a loja do judeu vagabundo, do que a escrava amancebada com seu senhor.

Pobre alma altiva que somente se curvava à afronta desesperada pela sua dor!

Essa noite, Maurício sentia o coração se acalmar, a íris da esperança dourava seu futuro, uma paz suave e deliciosa se estendia sobre as tormentas de sua vida passada, conversava com um espírito misterioso que o acariciava e cuja mão posta sobre a cortina do amanhã, logo lhe revelaria uma imensa felicidade, um arcano de fortuna e calma, umas alegrias desconhecidas, beijos que sentia na sua fronte, dados por uma boca jovem e fresca a cujo toque estremecia... coroas de flores, altares que se erguiam na obscuridade do mistério, iluminados pelo vislumbre incerto do pressentimento!

Ai! E qual é a alma que sofrendo que ao se aproximar o fim de seus males, não tenha essas vigílias singulares, inexplicáveis! Cheias de sobressalto e medo na véspera do martírio que nos separará; cheias de encanto inexplicável, ao entrar em outra fase de nossa vida! Como diria um marinheiro, ao sair do golfo das tempestades, para entrar num mar tranquilo e calmo onde repousa o navegante, do passado perigoso e da tempestade!

Deixemos o poeta sonhar e vejamos o que aconteceu com a pobre Gabriela, a quem deixamos inconsciente no locutório das freiras.

14.
O CAPELÃO E AS FREIRAS

Gabriela, pálida e inanimada, foi colocada no estrado do abobadado locutório, e as freiras iam e vinham, falavam em voz baixa, semelhantes a um enxame de mangangás ao redor de uma flor.

Os comentários se sucediam rapidamente, as reflexões, as induções; as mais jovens suspiravam de ansiedade e as mais velhas falavam dos perigos do mundo, dos trabalhos que nos assombram a cada passo, comparando o tumulto penoso da vida do século, à profunda calma e placidez do claustro, onde com tão pouco trabalho se ganha o reino dos céus. O ingênuo egoísmo da vida monástica não lhes permitia distinguir quão maior é a virtude de quem luta do que aquele que se põe ao abrigo da tempestade, embotando sua força moral e física na ociosidade do convento; não se lembravam, quão maior é o mérito da mulher, que pagando seu tributo à natureza, perpetua sua raça, trabalha de sol a sol para ajudar seu companheiro, sofre mil privações; e derrama mais lágrimas sobre o berço de seus filhos do que as orações que uma freira pode rezar durante sua vida inteira.

As madres mandaram buscar o capelão e enquanto chegava sua Reverência, continuava a agitação e o alvoroço.

O capelão vivia em uma linda casinha de campo, ao lado

do próprio convento, ele era um padre gordo, corado e rechonchudo, que se entregava sem reserva alguma às delícias de uma mesa, cuja cozinha era obra primorosa das ovelhas confiadas à sua direção. Era o bom capelão, egoísta por caráter e preguiçoso por temperamento; não queria compromissos com ninguém nem por ninguém, nem queria se meter em negócio algum que viesse a perturbar a doce tranquilidade de sua vida; a órbita da sua existência se reduzia a um café da manhã confortável, uma suculenta merenda, um esplêndido almoço temperado com vinhos envelhecidos, o bom café depois do almoço, seu jantar delicado, dormir, rezar sua missa todos os dias, ouvir os pecadilhos e *pecadaços* de suas filhas espirituais e falar de tudo isso com a tia Margarida, sua governanta, tão ciente como ele do que ocorria no convento, porque os pecados conventuais são o tema favorito das conversas e acontecimentos da vida no claustro. Por sua parte, as reclusas, ademais dos afazeres da casa, das rezas, das confissões, das novenas, dos rosários, flores, escapulários, doces, murmurações, intrigas e ociosidades de sua vida, divertiam sua inação moral, e eram de risonha conversa, as quantidades fabulosas de alimento e guloseima que o reverendo capelão engolia todos os dias, por insistência das boas madres, a qual melhor contribuía a lhe proporcionar a S. R.[34] uma indigestão por semana ou o que seria pior, expô-lo a uma apoplexia fulminante, é verdade que disso não tinham intenção e se agiam mal era por ignorância.

O mensageiro das freiras voltou com a notícia de que S. R. ainda dormia, porque havia passado uma noite péssima, resultado de fortes cólicas, de modo que Gabriela ficou ali mesmo, até que Deus quis que voltasse a si.

Quando recuperou os sentidos, que olhou ao redor e se encontrou naquela sala sombria e fria, povoada por poltronas seculares de couro, e de vultos vestidos de preto, sentiu-se sobressaltada de terror e, lembrando-se de sua casa, pôs-se a chorar.

---

[34] **S.R.**: Manso usou a forma de tratamento abreviada S. R. para se referir ao sacerdote como Sua Reverência.

Aí começaram as boas madres a jogar-lhe na cara sua debilidade, e a dizer-lhe que não *devia* chorar nem afligir-se que isso era ofender a Deus, era pecado mortal e outra porção de sofismas, com a qual a Igreja Católica pretende fazer os homens a seu anseio, e quando fracos, e sensíveis à dor que eles são, transformá-los em máquinas sem paixões e sem coração!

A dor, o choro, são atributos naturais; mas se temos paixões e pesares, também temos razão com que serenar seus ímpetos, e se a escutamos, há de aconselhar-nos a resignação, mais cedo ou mais tarde assim acontece, o que é impossível é esse desprendimento egoísta e desnaturalizado que querem que se chame religião.

Entender que quando Jesus Cristo disse: "Vim a separar o homem de seu pai, e a filha de sua mãe; e a nora de sua sogra", tenha querido com essas palavras, patrocinar a separação das famílias e despedaçar os laços de sangue, parece-nos um desatino; que o amor de nossas famílias seja secundário em nosso coração à virtude e à justiça, sim, mas que o amor a Deus consista em o filho jovem e robusto abandonar a seu ancião pai, e a filha a sua mãe, não, porque isso é indigno e monstruoso e repugna à natureza, e não é com sacrifícios bárbaros e sacrilégios que se serve a Deus.

Voltando ao Capelão, havia efetivamente passado uma má noite; por volta das nove se levantou e chamou a Margarida.

A excelente governanta já tinha preparada uma cafeteira de café com leite e uma torre de torradas; enquanto S. R. tomava aquele reconfortante, Margarida relatou-lhe o ocorrido no convento a respeito da jovem que se havia refugiado nele essa manhã. Essa notícia alegrou extraordinariamente o Capelão, não refletiu sobre que episódio dramático, sacudindo esse triste coração, a teria impelido ao claustro, S. R. só via uma profissão a celebrar, e uma freira a mais no convento; por isso respondeu a sua criada:

—Muito me regozija essa notícia, filha; nestes tempos de heresia e de impiedade, cada vez se tornam mais raras as vocações, os conventos estão reduzidos a velhas múmias mofadas pelo tempo e o confinamento... uma profissão é uma coisa rara nesta época... A Santa Madre Igreja está cada dia mais só e abandonada! A religião se acaba, Margarida.

—Não, Reverendo padre, não diga isso que me faz tremer!... é verdade que ninguém mais quer ser freira... todas querem casar-se... as madres mesmas existem muitas dentre elas que realizam um desejo e não conseguem o outro e que se pudessem...

Ah! Cala-te, não me lembre das impurezas dessas filhas de Satanás, Margarida... não pensam nada de bom... mas é melhor não falar delas, porque meu estômago ainda não está bom e este alimento que como, frugal como é, pode me dar indigestão de novo. Esta razão foi suficientemente poderosa para fazer calar a Margarida sobre *as visões diabólicas* das madres, e pelo contrário, se pôs a ajudar a seu amo na tarefa de construir castelos no ar com respeito à tão desejada jovem.

Desta forma, enquanto o capelão almoçou, lavou-se, fez a barba, leu por distração seu breviário, aspirou algumas narigadas de rapé e deu duas voltas pela casa, deram onze horas; então atravessou a curta distância que o separava do convento, entrou na Igreja onde já o esperava, com farta impaciência, a abadessa.

Foi necessário que S. R. ouvisse uma relação prolixa do que já sabia, além dos comentários da santa mulher; finalmente, ainda transcorreu outra hora, antes que a pobre Gabriela fosse chamada ante S. R.

Essas longas e frias galerias quase subterrâneas, esses pátios desertos cujas pedras escurecidas estavam cobertas de hera, essas esverdeadas paredes, e esse todo glacial de uma vida sem amor, sem poesia e sem movimento, gelavam de pavor a alma da infortunada. Entrou na Igreja tremendo e foi ajoelhar-se diante do confessionário onde, bem acomodado e sentado, o capelão a esperava.

Gabriela disse com voz quase apagada:
—Já estou aqui, padre.
O capelão tossiu, assoou-se e respondeu:

—Ah! Alegro-me, filha, então quer ser freira?

—Eu, padre? – Exclamou ela sobressaltada.

—Certamente, se não tivesse essa louvável intenção, não teria vindo bater nas portas da casa do Senhor.

—Ah! Padre, não foi com esse propósito que eu vim.

—Pois, o que buscava então?

—Escapar de um grande perigo!

—Fale filha, que perigo era esse?...talvez algum rapaz sedutor que buscava desonrá-la?

Gabriela ficou vermelha imediatamente.

—Não, Senhor.

—Não? É casada, filha?

—Não, padre.

—Mas, que perigo era esse?

—Queriam me casar.

—Ah! Queriam que se casasse? Com certeza, filha, esse é um dos perigos do mundo e não dos menores, porque a carne nos tenta... Carne! Carnal! Oh! Demônio, mundo e carne! São as três tentações da alma! E esse esposo que lhe queriam dar e que repugna a sua castidade, era jovem ou velho?

—Velho, e demente, padre!

—Hum! Por isso! – murmurou S. R. que não confiava em terrores de moças quando as querem casar –, por isso! Mulheres! Mulheres! Filhas de satanás! A casta Susana fugiu de dois velhos, esta foge de outro velho e demente! Esses comentários eram feitos mentalmente; depois continuou em voz alta:

—E tem alguma outra inclinação, filha?

—Não sei padre...

—Pois examine sua consciência... mas, além disso, como se chama seu pai? Sua família, que tipo de gente é, rica, pobre ou remediada?

Gabriela fez a narração que lhe pedia o capelão, e este continuou depois de escutá-la.

—De tudo o que me diz, filha, vejo o resultado natural da vida mundana e dos vícios e tentações do inimigo; este jovem que a senhorita ama, moço de bailes, conhecido na imoralidade, oh! Que infeliz a senhorita é, filha... enfim, Deus lhe tocou o coração e lhe trouxe ao rebanho das boas ovelhas... seja esposa de Cristo, case-se com o Redentor, porque é o que lhe convém!

—Eu pensarei nisso, padre. Foi a resposta de Gabriela, que deu por terminada sua conversa.

O capelão deu ordem para que lhe dispusessem uma cela e teve uma conferência de hora e meia com a abadessa, onde no zelo de seu fervor pela religião, levaram os dois a urdir de que modo haviam de fazer para estender a rede ao incauto passarinho imprudente que vinha abrigar-se ali.

Ao voltar para casa, o capelão encontrou uma visita desconhecida que o esperava há longa meia hora, e que estava decidido a não sair dali sem uma resolução formal: no capítulo seguinte informaremos sobre este acontecimento.

15.
ESPADA E BATINA

Os nossos leitores recordarão que D. Egas de Souza ao sair da Chácara de Botafogo, por um desses pressentimentos ou inspirações que muitas vezes sentimos na vida, tinha dito ao seu cocheiro, à Santa Teresa; e que ele tinha dito a si mesmo que se não estivesse aí, estaria na Ajuda. Ele chegou ao pé da ladeira e se encaminhou diretamente para a casa do capelão. S. R. não estava mais lá, pois justamente enquanto o velho marinheiro visitava Botafogo e chegava à Santa Teresa, aconteciam as cenas que deixamos transcritas no capítulo anterior, entre o capelão e a abadessa, entre Gabriela e o capelão. Assim é que D. Egas encontrou somente a Margarida, a quem soube fazer falar com suma habilidade para o que pudesse acontecer. Quando o bom padre chegou, Souza já sabia que a fugitiva se encontrava em Santa Teresa, pois se encaixava admiravelmente com o relato da excelente governanta do capelão.

O padre entrou na sua sala, supondo que encontraria a mesa posta, e só encontrou D. Egas, bem sentado numa grande poltrona e que, sem cerimônia, fumava um charuto como se estivesse na sua sala do Saco do Alferes. Vendo-se, os dois indivíduos se aproximaram mutuamente.

—Bem-vindo, cavalheiro – disse primeiro o prelado –, em

que posso servir a Vossa Excelência?

—Às ordens de S. R., peço-lhe desculpas pela liberdade que tomei fumando na sua sala.

—Oh! Não é nada, não sou inimigo de um bom charuto: com quem tenho o prazer de falar?

—Com D. Egas de Souza – e continuou:

—Será verdade, Reverendo Padre, que esta manhã bem cedo chegou aqui uma jovem que diz que está sendo perseguida por um casamento que lhe desagrada?

O capelão ficou surpreso: (já! Disse pra si mesmo). Efetivamente, murmurou depois de alguns instantes: no convento está uma jovem que chegou esta manhã; sua família queria casá-la com um tio dela, já velho e, além disso... louco, com o que a pobrezinha parece que deseja fazer os votos para escapar das artimanhas do demônio.

—Padre, essa jovem tem um amor no coração.

O prelado ficou perturbado, porque sabia que isso era verdade, e que Gabriela nada lhe contara sobre ser freira, e se ele mentia era persuadido de que, pela santidade final, deviam perdoar-se os meios.

—V. E. não sabe o que são as mulheres, e jovens, um pouco pior! Ora querem uma coisa, ora outra, hoje pensam de um jeito, amanhã de outro; veja V. E. o que eu daria para não ter a luta que tenho com essas santas madres!

Aqui o capelão enxugou o suor que lhe escorria da testa, assoou fortemente o nariz e estudou de relance a cara que seu interlocutor fazia.

O rosto de D. Egas não devia estar muito tranquilo, quando S. E. respirou profundamente, prevendo que a sua missão não seria tão fácil como pensava.

—Padre, reverendíssimo, disse D. Egas por fim; por mais volúveis que sejam as mulheres, elas não o são a ponto de preferir se trancar em uma tumba na flor da idade, renunciando aos seus amores sem motivo, para mim, não me venha S. R. com histórias porque eu sou marinheiro velho.

—Mas Senhor Exmo....

—Que excelência que nada, sejamos claros, eu sou o pai do noivo, e quero falar com a jovem.

—Senhor Exmo., eu sinto muito, mas hoje não é mais possível, nem todos os dias pode-se falar ou visitar as madres.

—E quem lhe disse a S. R. que eu quero ver as madres ou qualquer coisa que lhe pareça?... essa jovem não pertence ao convento, por isso quero vê-la.

—Hoje já não pode ser, é necessária a licença do bispo.

—Olhe padre, deixe de histórias, porque eu não estou para brincadeira, o bispo não tem nada a ver neste negócio; vamos ao locutório.

—Senhor Exmo., uma vez que essa jovem esteja atrás do portal de ferro do convento, só seu pai ou o bispo podem vê-la, falar com ela e tirá-la daqui.

—Quer dizer que com isso o senhor se constituiu, Sr. Padre, em carcereiro, e o convento se transformou em prisão?

—Blasfêmias! Blasfêmias! V. E. ultraja a religião!... que horror!

—Juro por uma questão de brio, Reverendo Padre, que se não fosse essa batina em que à guisa de saia vos envolveis havia de vos cortar as orelhas!... Bem, não posso vê-la, pois me retiro, mas vede que vos advirto de uma coisa, que vem a ser: eu tenho um único filho, a quem eu e minha esposa idolatramos; esse rapaz adora esta jovem que quereis subtrair em proveito da comunidade que dirigis; a moça ama meu filho, esse casamento é necessário para a felicidade dele e da nossa, se vos vindes às mentes impedi-lo, eu vos juro pela minha espada de cavalheiro e marinheiro que atearei fogo no convento, e a vós jogarei ladeira abaixo.

O Capelão estava pálido como um morto, Margarida fazia o sinal da cruz com as duas mãos, enquanto D. Egas, furioso e desesperado, descia a ladeira de Santa Teresa. Eram cerca de quatro da tarde, lembrou-se da ansiedade em que sua família estaria e decidiu voltar para prestar conta de sua missão e das medidas mal sucedidas que havia tomado até aquele momento para chegar a uma conclusão de onde pudesse tirar uma esperança ou consolo para seu filho.

Quando D. Egas saiu de casa, Ernesto já tinha voltado da aula. Enquanto seu pai se afastava do "Saco do Alferes" ele, primeiro, tinha conversado com sua mãe, os dois faziam castelos no ar, preparavam e enfeitavam os quartos dos noivos e forjavam mil aventuras e felicidades. Depois Ernesto deu uma volta pelo jardim, fez um lindo buquê pensando que, talvez, essa tarde o levasse para Botafogo; em seguida subiu para o seu quarto, sentou-se à mesa; se pegava a caneta, esta escrevia Gabriela, se fosse um lápis, fazia contornos que se pareciam com ela... finalmente, quando deu duas da tarde, Ernesto se dirigiu à janela que dava para a estrada, e com um binóculo, ele começou a monitorar o horizonte. Eram cerca das cinco horas quando D. Egas passou pela porta da sua casa: Dona Maria ficou muito angustiada com as más notícias, Ernesto ouviu-as muito pálido, mas prometeu ao pai que a partir desta tarde tentaria comunicar-se com Gabriela, que até então não queria fazê-lo, mas agora era diferente porque era necessário salvá-la de dois perigos ao mesmo tempo: a perseguição de sua família e as intrigas do capelão e das boas madres, que com as melhores intenções do mundo, poderiam oprimi-la e não confortá-la.

Assim, transcorreu a tarde na casa dos Souzas; o almoço foi triste e agitado, ninguém tinha apetite. Depois do café, Ernesto foi à cidade e voltou carregado de miçangas[35], fitas coloridas, papel de presente, retalhos de seda e uma porção de bugigangas que as freiras precisam para suas flores, escapulários e enfeites. Pediu que sua mãe o arrumasse com um traje feminino completo, acomodou em uma caixa de papelão o seu armazém portátil, escreveu uma carta para Gabriela, que veremos mais tarde; raspou seu bigode preto, experimentou uma peruca de velha que trouxera entre outros itens da cidade, pintou as sobrancelhas de branco e passou a noite toda em testes, planos e projetos, que de alguma forma distraiu a todos de sua preocupação, fazendo dom Egas rir, recomen-

---

35 **MIÇANGAS:** No original consta o termo "avalonos", que não existe em espanhol e que foi corrigido no arquivo digital de domínio público para "abalorios", cuja tradução é miçangas.

dando ao filho muita prudência, virtude que o pobre marinheiro não possuía. Assim passou essa noite para os Souzas, animada e em família; noite de lágrimas e terrores para a pobre Gabriela; de vigília e de visões misteriosas para Maurício; solene e grave para as pessoas reunidas na casa da senhora.

16.
A HORA SUPREMA

Deixamos a família do Comendador subindo as escadas da casa da senhora, os quartos entreabertos e sozinhos, iluminaram-se instantaneamente. Dona Carolina assumiu o comando como chefe da casa de sua sogra: o médico voltou e pediu mais dois colegas, pois os sintomas da doença estavam se agravando; efetivamente era assim: a apoplexia cerebral foi seguida pela descoberta de uma hipertrofia do coração, um ataque na bexiga e uma afecção geral dos órgãos internos.

Um movimento contínuo de escravos, de gente que entrava e saía falando em voz baixa, ordens múltiplas, visitas informais, coches que paravam à porta, outros que partiam, era o quadro interior e exterior da casa de Dona Maria das Neves, tudo isso fortemente acentuado por um cheiro de vinagre aromático, água de La barraque[36] e éter, aromas de outro mundo que revelam ou o moribundo ou o morto.

A reunião dos médicos foi longa, nenhum deles ocultava que a paciente morria, mas como enquanto a alma estiver no corpo, o médico tem a obrigação de atormentar o paciente, ensaiaram sobre o corpo de Dona Maria todas as diabruras

---
36 **LA BARRAQUE:** Solução composta por soluto aquoso de hipoclorito de cálcio e carbonato de sódio anidro, muito usada como desinfetante.

possíveis e todas as experiências ou provas que, na falta de meios, os médicos costumam usar, como os frades empregavam a tortura para fazer confessar os réus. Assim, por meio da experiência em um triste paciente, procuram-se reconhecer os sintomas e forçar a natureza, que triunfa ou sucumbe conforme sua própria força.

O Comendador e Mariquinha recebiam na sala, enquanto dona Carolina cuidava da assistência da enferma; o padre Antônio também estava na cabeceira da cama, pronto para quando chegasse o momento. Dona Carolina bem quisera tirá-lo dali, e mandar retirar o escrivão que estava parado como o padre, na sala ao lado de onde se encontrava dona Maria, com o formulário do testamento pronto e só esperando que a senhora voltasse a falar.

A noite transcorreu assim: a partir das doze as visitas se retiraram, todos se deitaram para descansar, menos o padre e dona Carolina que velaram sem interrupção.

Desde a madrugada, dona Maria começou a pronunciar alguns monossílabos, parecia sentir uma leve melhora, e à medida que a manhã avançava a sua voz tornava-se mais clara, por fim conseguiu exprimir claramente o seu desejo de se confessar.

Quando ela ficou sozinha com o religioso, ele lhe disse:

—Filha, eu penso que é melhor que não percamos tempo, se tens injustiças para reparar, é necessário que chamemos o escrivão, ele está aí desde ontem esperando.

—Bem, padre, farei o que o senhor julgue melhor.

O missionário abriu lentamente a porta da sala onde o escrivão estava esperando, chamou-o e este se apressou a entrar, carregando sua pasta, tinteiro e caneta.

Dona Carolina o viu e não pôde deixar de murmurar: que pressa tem esse frade para que a outra faça o testamento em vez de tratar de confessá-la! Nós somos os únicos herdeiros!... que ânsia!

Enquanto isso, o escrivão aproximou uma mesa à poltrona de dona Maria, e como faltavam apenas as cláusulas, começou a preenchê-las segundo a enferma ditava, auxiliada pelo bom religioso, que com admirável instinto guiava a razão debilitada da moribunda; pode-se dizer que aquele testamento era uma confissão expiatória de todos os crimes daquela senhora tão orgulhosa, tão cruel e tão avara.

Contudo, essa criatura perversa, em uma hora, tinha se transformado: ao aspecto da morte, à aproximação da hora suprema, ela havia contemplado, horrorizada, todo o seu passado. A agonia do remorso duplica a fadiga do transe fatal, e uma angústia amarga a atormentava.

Em meio a esses conflitos, a essas lágrimas e a essa agonia da morte e do arrependimento, a voz suave e a palavra de esperança e perdão do missionário podiam ser ouvidas. Ao cabo de duas horas o testamento estava terminado, foi lacrado, fechado numa gaveta da escrivaninha que havia ali, o homem da lei se retirou, e dona Maria ficou sozinha com o apóstolo evangélico contando-lhe os segredos de sua alma e recebendo o consolo de um irmão nas falas daquele homem singular. Depois dessa confissão entraram o comendador, sua esposa e filha.

Dona Maria lhes falou com carinho, perguntou se Gabriela já tinha sido encontrada e recomendou que a deixassem livre, e pediu ao filho que naquele momento mandasse recado a Macacu, chamando Camila e seus filhos; porque era de sua vontade que dom João, mesmo insano, legitimasse seus filhos casando-se com a escrava que já não o era, visto que no testamento ela a reconhecia como sua nora.

Essa determinação não foi muito agradável para dona Carolina, mas quem pensava em se opor às ordens da senhora naquele estado e na presença daquele padre, que tinha um ar tão estranho, e que segundo a vontade de sua sogra, só queria que ele fosse separado dela depois que seu cadáver estivesse no caixão?

Imediatamente o comendador mandou um mensageiro para Macacu, nesse mesmo instante entrava Maurício que vinha de Botafogo por ordem do seu pai. A própria desordem da casa lhe facilitou chegar ao quarto de sua avó. Dona Carolina, que não o conhecia, achou que seria um dos médicos, mas quando o ouviu dirigir-se a dona Maria da parte do seu pai, ficou estática.

A notícia da volta do filho à razão reanimou a senhora, que lhe parecia uma prova óbvia da misericórdia divina.

O comendador ficou sinceramente alegre, e Mariquinha examinou com curiosidade esse primo que lhe caíra das nuvens e do qual havia formado um conceito tão diferente.

Maurício, o pobre deserdado, o filho espúrio do louco, vinha por conta própria e em nome deste apresentar a oliveira da paz aos seus algozes. O primeiro desejo de dom João, ao voltar à razão, era perdoar e abraçar a mãe: dona Maria manifestou o desejo de vê-lo, abraçou Maurício, fez-lhe muitas carícias, chamou-o de neto, entregou-lhe a chave da gaveta onde estava o testamento, dizendo que sua vinda era uma prova da providência; e depois que o jovem médico partiu, sua animação durou ainda alguns instantes: mais tarde, ao se aproximar do meio-dia, ela foi caindo em um torpor geral, perdeu a fala novamente, um gemido abafado apenas escapava de seu peito e para um olho observador a agonia estava declarada.

Quando dom João das Neves chegou acompanhado de seu filho, seu irmão, sua cunhada e sua sobrinha, eles o abraçaram, mas sua mãe já não pôde mais lhe falar. Quando ele se apresentou, ela o olhou por um longo tempo, então irrompeu em um choro convulsivo que durou cerca de meia hora. Dom João, ajoelhado diante dela, também chorava silenciosamente, e a emoção foi tanta que ele caiu em um profundo desmaio!

Foi retirado dali pelo seu filho que o acalmou e abrandou, ajudado também pelo padre Antônio que, já ciente dos infortúnios de dom João, sentia por ele uma grande afeição.

Por que cansaríamos o leitor narrando-lhe todas as cenas sombrias desse drama íntimo, e todos os sofrimentos daquela mulher que havia feito derramar tantas lágrimas aos outros durante sua vida, e que agora as derramava em expiação de toda sua existência?

Por que assistiríamos com o leitor a todas as peripécias desse episódio cruel e inevitável pelo qual todos nós temos que passar?

O que ganharíamos por escutar à porta do quarto da moribunda esse gemido rouco e ininterrupto, esse ai de agonia, essa luta de uma natureza robusta que teima com a morte?

É melhor deixar essa triste morada e ver o que aconteceu com Pedro, a quem parece termos esquecido, desde sua partida para São Paulo.

17.
CONHECIMENTOS NOVOS

Passageiro a bordo do vapor que faz o trânsito do Rio de Janeiro para Santos: aos 18 anos e pela primeira vez em sua vida, viu-se nosso amigo Pedro, sozinho, no meio do mundo, dono e senhor absoluto de sua pessoa, sem dar conta de suas ações, nem sujeitar seus movimentos à vigilância escrutinadora de papai ou mamãe.

Dizer que ele deixara sem tristeza suas irmãzinhas era uma injustiça. Não foi sem profunda emoção que Pedro as abraçou, despediu-se dos pais e deixou a casa paterna; contudo, o movimento do porto, a agitação dos passageiros a bordo, a diversidade de objetos e fisionomias que o rodeavam contribuíam muito para distraí-lo.

A saída ou entrada da barra do Rio de Janeiro é uma das paisagens mais deliciosas, mais pitorescas e mais grandiosas que já vimos. Jamais esqueceremos a primeira vez que cruzamos essa deliciosa barra, em nossa primeira viagem em 1842.

Essas montanhas colossais vestidas de eterna vegetação, formando grupos caprichosos, essas casinhas brancas e pitorescas espalhadas nas suas encostas e nos seus picos, e esse céu tropical tão lindo e azulado, nunca poderemos esquecer!...

Há perdidos mil pensamentos de ausente no topo dessas montanhas; há mil recordações queridas ao coração de uma das mais belas páginas da vida, espalhadas por essas paisagens deliciosas, gravadas na superfície das enormes jaqueiras, ou das frondosas e aromáticas mangueiras...

Sempre que eu falar de ti, Brasil, o farei com entusiasmo, porque por muitos anos tu foste minha pátria adotiva, e estás ligado ao meu coração e ao meu pensamento, por um altar e dois túmulos!...

O altar em que liguei o meu destino ao destino de outro, os túmulos do meu velho pai falecido na emigração e a do meu primeiro filho, que morreu antes de nascer![37]

Quando o comendador chegou com o filho a bordo o barulho da máquina já aumentava, a âncora estava levantada, e a impaciência das rodas se sentia pelo estrondo surdo dos tubos que em espessas nuvens negras lançavam enormes colunas de fumaça – por fim, os acompanhantes dos viajantes desceram para seus barcos afastando-se para terra, o comandante deu ordem para partir, o maquinista cumpriu sua obrigação, o ruído da máquina parou e foi substituído pelo rumor das rodas saltando sobre as águas e a quilha que, cortando-as também, deixava para trás um sulco de espuma branca.

Enquanto ainda se tratava de contemplar a cidade e as ilhas, fortalezas e montanhas, tudo corria bem para Pedro, mas quando deixaram para trás as últimas montanhas e a ilha rasa, o movimento do vapor, em um mar mais grosso, o jovem viajante começou a sentir certo mal estar e teve de ir para a cama.

Completamente aniquilado, nosso amigo logo esqueceu a família que ficou para trás, e as aventuras que o aguardavam em São Paulo, até mesmo a conversa dos passageiros, somente a ouvia, como um som vago e confuso; era o enjoo que tinha se apoderado do nosso amigo e o deixava entorpecido.

Após trinta e seis horas chegou a Santos e na manhã seguinte partiu para a cidade de São Paulo.

---

37 Comparando o original publicado por Juana Manso em 1854 com o arquivo digital de domínio público, identificamos, também, a ausência total desse parágrafo, assim como na edição de 2006, com prólogo Lidia F. Lewkowicz, publicada pela Editora Colihue e Biblioteca Nacional da Argentina.

Em São Paulo, Pedro soube que seu tio estava em Minas Gerais com a filha; e soube que havia deixado ordens para tudo o que pudesse necessitar; e cavalgaduras para o caso de querer ir para a "Solidão", fazenda onde o tio se encontrava: que outro remédio tinha Pedro senão viajar até encontrar os caros parentes?... Assim o fez, levou consigo dois negros, fiéis e valentes, mandou encher duas malas de mantimentos e pôs-se a caminho, montado em sua boa e inteligente mula.

O país que atravessava era tão delicioso, tão pitoresco e magnífico, que viajava lentamente subindo as serranias, passo a passo, repousando em seus cumes e sem se cansar de estender o olhar por aquelas selvas, vales e montanhas encantadoras.

No terceiro dia de marcha se reuniu a um pequeno destacamento que tinha o mesmo destino que ele. O oficial que comandava a pequena guarnição era um belo jovem, de figura simpática e pouco mais velho que Pedro.

Poucas horas foram suficientes para estabelecer uma amizade estreita entre os dois rapazes; Pedro falava da corte, dos teatros, dos bailes, das lojas, da ópera, das dançarinas etc., etc.; o jovem oficial, por sua vez, falava de suas incursões ao interior, de campanhas de guerra, de combates com os índios, de inimizades de província, de assassinatos, e ambos se divertiam nessa troca recíproca de conhecimentos e relações.

Uma viagem pelo interior de qualquer um dos pontos da América espanhola ou portuguesa pode-se traduzir sempre, por desertos, natureza fértil, bela e abandonada, serras agrestes, rios invadeáveis quase sempre, próprios à navegação; mas obstruídos por cataratas, mosquitos, chuvas, sol, poeira e banhados: de tudo isso Pedro desfrutou durante os quinze dias e seis noites que durou sua travessia de São Paulo até às margens do rio Paraibuna, e arredores de Ouro Preto, onde ficava o engenho *da Solidão*.

Esse povoado era um imenso casario rodeado de verdes colinas não muito altas, plantadas, simetricamente, de cafezais, cana-de-açúcar e milho. A residência do tio de Pedro era uma casa de pedra, espaçosa e cheia de todas as comodidades do luxo: um magnífico terraço guarnecido por uma balaustrada de ferro, assentado sobre a própria margem do Paraibuna, que naquele lugar se estreitava, correndo em seu leito de pedra, entre duas grandes rochas enegrecidas, era um ponto de vista surpreendente, e sobre esse espaço abriam todos os cômodos da casa, que se erguia no meio olhando aos quatro ventos, suas grandes janelas, fechadas com persianas verdes. Ao redor desse terraço a partir do solo, foram plantadas trepadeiras silvestres que o envolviam até em cima com suas diferentes folhas e flores, e se chegava à casa por uma ampla escadaria de mármore branco que dava de frente para o Oriente e para a estrada real do povoado de Ouro Preto.

Ao chegar em frente ao Engenho, Pedro convidou seu novo amigo a entrar com ele, mas o jovem oficial lhe agradeceu, afirmando que o dono dessa propriedade não era muito amigo seu, e concluiu implorando a Pedro que não falasse sobre seu encontro, porque lhe faria mal.

—Sobre isso – disse Pedro –, é o senhor uma pessoa de quem tenho notícias?

—E o senhor – exclamou o desconhecido, empalidecendo –, será um primo que estão esperando na casa?

—Exatamente.

—Sinto muito, mas terei que matar o senhor!

—De verdade?

—Nada é mais certo.

—Bem, veremos se o senhor é tão mau assim, e se eu dou motivo da minha parte para isso.

Os dois jovens separaram-se e Pedro foi levado à presença do tio.

Tio Alexandre era um homem alto e gordo, moreno e calvo, de feições ligeiramente rudes, muito orgulhoso de sua riqueza e julgava que o dinheiro era o verdadeiro Deus dos homens. Não tinha coração mau, era bruto, mas tratava bem seus escravos e adorava sua filha, que era a única que o deixara sua defuntinha, como dizia ele quando falava de sua mulher.

Ele recebeu Pedro como era de se esperar que recebesse a um sobrinho que viria a ser seu genro. A prima não fez uma cara tão boa como a do pai e tratou Pedro senão com frieza, pelo menos com bastante reserva, para que se ele tivesse um pouco de percepção compreendesse que não tinha mais nada a esperar dela do que a boa amizade de uma parente.

Até então, Anita só tinha sido contrariada pelo pai no caso de seus amores com o tenente Carlos, e para falar a verdade, tampouco haviam chegado a vias de fato: se bem que o velho tivesse proibido a entrada do jovem em sua casa, e que andava fugindo dele de engenho a engenho, mas Carlos, para sua sorte, era sobrinho do coronel de seu regimento, então andava atrás do velho D. Alexandre, fazendo-se enviar em guarnição ao ponto em que este se encontrava; e como Carlos estava realmente apaixonado e era travesso, empreendedor e não tinha medo de nada, atravessava grandes distâncias, e recorria a mil estratagemas para ver a sua amada, mesmo que fosse apenas de relance, e nesse olhar dado ao passar, colocavam os pobres apaixonados toda a sua alma fazendo-se um milhão de juramentos.

O bom pai acreditava que a melhor forma de combater o mal era apresentar outro candidato, confiando naquilo de que as mulheres são volúveis e ficam com o último que as corteja, pode muito bem ser, mas não quando suas afeições são contrariadas, então se tornam firmes como uma rocha, (por um espírito de contradição).

As coisas estavam nesse pé quando Pedro chegou, sendo instalado num belo quarto onde nada faltava às comodidades da vida; às nove horas, para grande prazer do nosso viajante, cada um se retirou para o seu quarto, onde, pela primeira vez desde a sua partida do Rio de Janeiro, Pedro encontrava uma cama deliciosa onde dormiu até bem tarde da manhã do dia seguinte.

18.
FRAGILIDADE DA VIDA

A vida de Pedro no engenho do tio era inteiramente preguiçosa e contemplativa, era tal como ele gostava: ninguém o incomodava, ele era o dono absoluto de suas ações, dormia até a hora que queria, passeava ou ficava em casa e se via rodeado de todas as comodidades e regalias da abundância.

Sabendo que não tinha nada que esperar de sua prima, ele não a cortejava; não evitava sua presença nem a procurava; era comedido com ela sem pretensão, e se mostrava indiferente sem grosseria; Anita, que esperava elogios para desprezá-los, e importunações para se mostrar severa e invencível, viu com surpresa a conduta de seu primo, e sentiu por ele verdadeira afeição; encontrava-o sempre de bom humor, condescendente e afável, e era para ela um excelente camarada, um companheiro que viera para alegrar sua solidão: por isso era ela quem o convidava a passear, quem o procurava, e aos oito dias da chegada de Pedro reinava entre eles a melhor harmonia.

O tenente, por sua vez, havia escrito a Anita avisando-a de sua chegada a Ouro Preto. Falava-lhe de Pedro, dos planos de seu pai, do seu amor, dos seus ciúmes, enfim de tudo o que pode atormentar um infeliz apaixonado no caso do tenente Carlos. Anita respondeu a essa carta com mil promessas e juramentos, e dizendo-lhe também que seu primo era muito jovem e não tinha pretensões de pedir a sua mão.

Quanto ao tio Alexandre, este soltava fogo pelas ventas de ver o *pouco empenho* de Pedro, como ele dizia, em desbancar o tenente, porque o bom homem não queria precisamente contrariar a filha em suas inclinações, e sim que a um amor queria opor outro amor, e tudo esperava da inconstância do sexo amável.

O nosso amigo Pedro, que, como sabemos, era um bom rapaz e que estava perfeitamente disposto a favorecer os amores de sua prima em vez de contrariá-los, seguindo essas mesmas excelentes intenções, tinha posto em jogo, sem saber, a política mais maquiavélica do mundo.

Efetivamente, Anita, plena da imagem de seu amado, entregue a si mesma, sentia esse amor aumentar dia a dia, porque a solidão do campo e uma natureza magnífica predispõem a alma a impressões graves e ternas, e esse estado excepcional de nossas faculdades costuma, às vezes, transformar uma simpatia insignificante em paixão invencível; a presença de um terceiro que contava tantas maravilhas da corte, que sabia tantas anedotas engraçadas, que tocava piano, que cantava, que dançava com graça, e fazia tudo isso sem afetação, tinha distraído a jovem de seus pensamentos amorosos.

Essa mudança misteriosa que se passava no coração de sua filha não era compreendida por dom Alexandre, nem por Pedro na sua inexperiência, nem pela própria Anita; talvez a suscetibilidade do pobre amante fosse a única que pressentia um prejuízo.

Nos primeiros dias havia certa estranheza e frieza em suas relações. Quando ficavam sozinhos, Anita fazia tudo o que podia para que Pedro entendesse que amava a outro, e Pedro atuou de modo que ela ficasse convencida de que ele sabia, e que não só nada pretendia como nada lhe importava.

Depois dessa prévia explicação indireta, ambos caminharam com mais franqueza, e a extraordinária indiferença de Pedro deixou à sua prima toda a iniciativa de suas relações; então, se ele demorasse em aparecer na hora do almoço, seu escravo ia chamá-lo em nome de sua senhorinha, e ele, sem a menor cerimônia, fazia-se esperar; era ela quem, depois do almoço, pedia para que ele lesse ou tocasse, e finalmente quem o convidava para um passeio vespertino: selavam-se os cavalos, e acompanhados por quatro ou seis escravos que respeitosamente os seguiam, os dois saíam em excursão por aquelas deliciosas montanhas, outras vezes iam a pé, e passavam a noite no terraço, quando chovia reuniam-se na sala e era sempre Pedro quem entretinha o sarau.

A melancolia de Anita se dissipou como que por encanto, ela estava feliz e só pensava em se divertir, associando, é verdade, seu primo a todas as travessuras e ocorrências que lhe passavam pela cabeça. Isso fazia com que pensasse muito menos no tenente Carlos, a quem, no entanto, fazia juramentos secretos em seu coração; outros dias ele não lhe vinha à imaginação senão lá uma vez por dia; finalmente chegou a passar um dia inteiro sem que sua imagem lhe viesse à mente.

Entre esses e outros detalhes, ocorreu a Pedro fazer uma excursão à serra de Ouro Branco; dom Alexandre deu-lhe cartas para o engenho de um amigo, e nosso herói foi embora sem mais delongas.

Essa repentina determinação entristeceu Anita sobremaneira, que, no entanto, mostrou-se indiferente; mas que vazio tão imenso ela não sentiu nesse primeiro dia da ausência de Pedro! O dia todo ela não pensou em outra coisa, e à noite não pôde conciliar o sono. Já não era a imagem do tenente que a perseguia, era seu primo que não a abandonava um só instante; não era sem admiração que ela sentia essa súbita mudança inexplicável, a sua inexperiência e a falta de hábito de se observar a si mesmo que existe geralmente.

Pedro esteve ausente quatro dias e passado esse tempo voltou.

Agora vejamos nós o que estava acontecendo em seu coração. Educado na corte, nos bailes, acostumado a esses namoricos de uma hora, seu coração não tinha sentido afeição alguma dessas que comprometem a tranquilidade; quando viu a Anita lamentou que seu coração já fosse de outro, porque se ela o amasse, seria um casamento do gosto da família, e que a ele não desagradaria; mas seu orgulho não admitia que fosse sua por violência, nem admitia desempenhar o papel de amante desprezado. Contudo, a convivência com sua prima, a solidão, o silêncio que os rodeava, apesar de ser pouco romântico, não deixou de influenciar em sua natureza e Pedro começava a sentir-se triste, sabia que estava apaixonado, e antes que o mal se tornasse crônico, ele decidiu tomar uma atitude. Por isso, começou a buscar distrações, preparando-se para ter uma conversa com seu tio na primeira oportunidade.

Ao voltar de Ouro Branco, Anita recebeu-o fria e taciturna: conversaram longamente com seu tio sobre as minas, as estradas, etc., depois ele foi sentar-se ao lado de Anita.

Era uma linda noite de luar, o céu ostentava um azul puríssimo e milhares de estrelas brilhavam nele. O Paraibuna corria sussurrando a seus pés, a lua tremeluzia seus raios nas águas do rio e o silêncio só era interrompido pelos ruídos misteriosos do sertão.

Pedro se aproximou da prima perguntando:

—E então, prima, a senhora pensou em mim alguma vez?

—Não, – respondeu ela resolutamente.

—É uma ingratidão.

—O senhor se ausentou porque quis.

—Certo de que não faço falta a ninguém.

—Nem precisa de alguém tampouco.

—O que minha senhora quer? Amor com amor se paga.

—O que o senhor quer dizer com isso?

—Quero dizer que somos indiferentes um para o outro, que nossos destinos não devem se unir e que sou para vós apenas um primo. Vós, para mim, sois também uma prima, porque sou a favor da reciprocidade de sentimentos.

—Faz o senhor muito bem.

—E se a senhora pensa assim, minha bela prima, por que me recebe tão séria?

—Quem! Eu séria? Que engraçado, não vá o senhor pensar que é por eu estar ressentida com sua viagem a Ouro Branco.

—E, além disso, a senhora parece estar com raiva de mim.
—Que ideia! E o que me importa a mim se o senhor vai ou fica?
—Tanto melhor, priminha, porque assim nos separamos sem arrependimentos.
—O senhor está de viagem?
—Dentro de oito dias regressarei à corte.
—Faço votos de que o senhor seja feliz – respondeu a jovem com uma voz insegura.
—Pois bem, Anita, entretanto por que me trata hoje tão mal depois de ter me acostumado a outras maneiras?

Anita, em vez de responder, levantou-se correndo e se trancou em seu quarto. Não podia mais conter as lágrimas... E Pedro?... Pedro também entrou em seu quarto a pretexto de estar cansado da viagem, e a partir do dia seguinte não era visto um só momento em casa; havia dito ao tio que voltaria à corte e, enquanto isso, andava todo o dia com a espingarda no ombro, fazendo excursões pelos arredores.

Daí a seis dias houve um grande baile em Ouro Preto. Dom Alexandre e sua família compareceram, assim como todas as famílias ricas ou importantes das redondezas.

Havia muitas jovens no baile, mas Anita era a mais bonita de todas. Muitos jovens compareceram, nenhum tão elegante nem tão bem vestido como Pedro: sua calça e fraque de Vandebrand, essa superioridade do homem da corte, a delicadeza de seus modos, a segurança de sua linguagem e a distinção de sua dança eram a inveja dos outros rapazes e o objeto de conversa das meninas.

O tenente Carlos, vestido de uniforme, estava realmente muito bonito, mas não tinha aquele aroma da alta sociedade, aquela delicadeza de Pedro: Anita não perdia o primo de vista, cheia de orgulho e muito insatisfeita por ele não ter pedido a ela uma única contradança. É verdade, desde a conversa deles no terraço, Pedro comportou-se como um herói, evitando estar ao lado da prima, falando com ela o menos possível: essa noite ele havia deixado o campo inteiramente livre para o tenente, e este o aproveitava muito bem, porque não queria que ninguém dançasse com Anita, o que não era muito do agrado dela... é preciso confessar, Anita já não amava o tenente e ela mesma não sabia o que se passava em seu coração.

O pai estava furioso essa noite, teria dado pauladas no tenente e surrado o sobrinho, aquele idiota, aquele molenga que não sabia como conquistar a namorada de outro.

Porém, Pedro estava muito satisfeito, tinha triunfado completamente essa noite, tinha sido a estrela do sarau; para ele todos os olhares ternos, os buquês de flores, as fitas, suas conquistas foram inúmeras, pelo menos ele pôde fazer sua prima entender que se ela não o queria, sobravam corações que teriam se rendido a ele com um só olhar.

Por sua vez, Anita fazia comparações entre seu primo e o tenente, e este último que a amava de verdade, retirava-se com o coração partido, porque a indiferença de Anita o congelara... ele a tinha observado e estava certo de que era Pedro o feliz mortal que prendia suas atenções.

Três dias depois desse baile, Pedro devia partir e Anita o convidou pela última vez para dar um passeio: conversavam pouco e ambos estavam pensativos e suspiravam com frequência: nessa tarde subiram em uma pequena colina de onde se avistava uma bela paisagem, ali viram o pôr do sol, viram seus últimos raios iluminarem os topos das montanhas vizinhas, e o crepúsculo com seu manto azulado começar a encobrir em uma meia escuridão as árvores das selvas e as margens do rio; a primeira estrela brilhou trêmula e pálida no espaço. A calma do campo, o ar suave e perfumado com mil aromas de flores silvestres envolvia os dois jovens em um êxtase misterioso.

Ao descer da Serra, o caminho era acidentado e difícil, Pedro ofereceu-lhe o braço, Anita apoiou-se nele. A necessidade de impedir uma queda obrigava o jovem a apertar suavemente o braço de sua companheira, e ela também, por necessidade, sem dúvida, não só cedia a essa suave pressão, como também por sua vez se reclinava no ombro de Pedro, e a noite ia adensando enquanto eles caminhavam muito devagar, seus braços se estreitavam cada vez mais, e o silêncio era tal que dava para contar as batidas apaixonadas de seus corações!

Antes de entrar em casa, como a noite era enluarada e tão clara e serena que se avistava ao longe uma grande extensão do campo, os dois primos seguiram pela margem do Paraibuna e sentaram-se em um penhasco vendo correr a seus pés as águas turvas do rio, vendo a lua cintilar em suas ondas trêmulas e milhares de estrelas do firmamento refletidas em seu fundo. Esse plácido sossego da criação tão bela e os ruídos misteriosos das florestas e dos répteis que zumbem entre a relva, tudo dizia: Paz! Amor!

Pedro estava triste e acompanhava o curso da lua com seu olhar melancólico, Anita também olhava para o céu e uma lágrima escorria pelo rosto.

Pedro viu essa lágrima e disse:

—Estás chorando, Anita? Pensas talvez nesse que amas?

—Não, Pedro – respondeu ela –, penso que partes daqui a algumas horas, e que talvez não te lembres de mim lá na corte!... e que não voltaremos mais a nos ver!

Pedro não respondeu... escondeu o rosto entre as mãos... estava chorando...

Anita passou seus braços em volta do pescoço do primo e, escondendo a cabeça em seu peito, murmurou soluçando:

—Não partas não, meu Pedro, porque eu te amo!

Pedro apertou-a contra o peito e não conseguiu articular uma palavra de tão comovido que estava.

19.
O HOMEM PROPÕE E DEUS DISPÕE

Deixamos a Gabriela nas mãos das boas madres que piedosamente queriam convertê-la, e a Ernesto de Souza preparando o disfarce com o qual no dia seguinte prometia ver a sua amada: amanheceu esse dia nublado e com anúncios de chuva, mesmo assim o intrépido apaixonado, perfeitamente vestido, com suas sobrancelhas pintadas, sua peruca, sua enorme touca que lhe ocultava o rosto, seu lenço e sua caixa de miçangas, atravessou a enorme distância que há entre o Saco do Alferes e o morro de Santa Teresa: a cada passo parecia ao pobre apaixonado que os rapazes conheciam que era um homem vestido de mulher, que assobiavam, que o apedrejavam e que ele frustrava seu projeto; não foi assim, escolhendo as ruas mais vazias e imitando o passo trêmulo das velhas, chegou ao pé da ladeira e protegido pelo *travesso Cego* entrou na portaria ao mesmo tempo que desabava um furioso aguaceiro.

Ernesto se pôs a lamentar o contratempo da chuva e a rodeira escutando-o, não demorou para perguntar com sua voz nasal e rascante.

—Quem está aí?

—Sou eu, boa madre.

—E quem é a senhora?

—Uma pobre vendedora que ia para as Duas Irmãs, uma chácara onde tem umas meninas muito bordadeiras, que também fazem flores e são minhas clientes.
—Hão de ser as filhas do major Alves-Pereira?
—São elas mesmas, boa madre.
—E o que a senhora leva?
—Miçangas, retalhos de seda, fios de ouro, lantejoulas, agulhas, felpas, arames, sedas, oh! Meu material é superior, coisa rica, vem tudo de Portugal.
—Então faz pouco tempo que chegou de lá?
—É verdade, madre. Ai, que as benditas freiras de Santa Clara, bem que me compravam, as pobrezinhas!
—E o que a senhora veio fazer por aqui?
—Meus pecados! Um filho de meu finado!
—E onde está seu filho?
—Morreu de febre amarela!
—Que Deus o tenha em sua santa glória!
—Amém!
—E é muito cara sua mercadoria?
—Que nada! É tudo muito barato! Ah! Oxalá as boas madres me comprassem alguma coisa! Pobre de mim, com essa chuva não poderei chegar às Duas Irmãs, como hoje não ganho para o dia, ficarei sem comer! Que seja tudo pelo amor de Deus!
—Espere aí, vou ver se as madres querem comprar-lhe alguma coisinha.
—Deus lhe dê o reino dos céus! – disse Ernesto muito enternecido. —Os diabos te levem, – murmurou entre os dentes –, pensei que não acabava mais essa bruxa!

A rodeira voltou e introduziu Ernesto ao locutório, ali abriram a grade e entrou na mesma sala onde na véspera esteve Gabriela desmaiada.

As freiras rodearam a falsa vendedora, que vendia tudo pelo preço que lhe ofereciam e que olhava por todos os lados procurando Gabriela. Ela chegou por último, porque haviam ido lhe buscar, para ver se conseguiam distraí-la um pouco; a jovem não suspeitava de nada e esteve a ponto de desmaiar quando seus olhos se encontraram com os de Ernesto, porque, apesar de estar disfarçado, Gabriela não podia desconhecer seu olhar. Ela, então, aproximou-se e foi pegar algumas coisas da caixa da vendedora, esta, para economizar trabalho, fez de modo que suas mãos se encontrassem e que uma bolinha de papel ficasse nas mãos da jovem; muito lhe custou ocultar sua agitação e estado de sobressalto em que estava. Por fim, as freiras esvaziaram a caixa da vendedora e esta se retirou oferecendo-lhes trazer, no dia seguinte, uma variedade mais linda ainda, e escapulários e relíquias das freiras de Portugal.

Quando Gabriela pôde estar sozinha em seu quarto, abriu esse papel, primeiro bilhete de amor que recebia e leu agitada de uma convulsão involuntária o que segue:

Senhora.
Sem as circunstâncias excepcionais que vos colocaram em tão triste posição jamais me atreveria a dirigir-vos estas linhas, muito menos usar da estratégia que fará chegar esta a vossas mãos, porque são coisas impróprias do meu caráter e que só em situação extrema se pode desculpar. Dizer que vos amo, já o sabeis que não posso viver assim, que vossos sofrimentos são os meus, é repetir o que já sabeis, como eu.

Contudo, chegou o caso em que é uma necessidade deixar as palavras e preferir as ações; meu bom pai propôs à vossa família nosso casamento, foi recusado, descoberto vosso refúgio, o capelão negou-lhe que a visse, alerta senhora que tendes dois inimigos e que vos colocaram entre dois abismos. Deus vos envia um salvador, não o recuseis, pois é vosso esposo, aquele que entreviu o céu a vosso lado – Quero salvar-vos e fazer-vos feliz; amanhã, quando eu voltar ao convento, tende resolução e não vos oponhais ao que eu fizer, porque só será para vossa felicidade – confiais em mim?

Dizer quantas vezes Gabriela leu essa carta seria inútil, não fez outra coisa que lê-la sempre que estava sozinha, e o resto do tempo a tinha perto do coração. A escuridão do convento desaparecia a seus olhos, o porvir era um vasto campo cheio de flores onde ela corria com Ernesto.

Desde o momento em que o capelão a deixou, na véspera, as boas madres não haviam deixado a jovem descansar, haviam-lhe falado sem cessar da vida monástica, da paz, das delícias do convento, dos vícios do mundo, do inferno, da salvação, de mil coisas que haviam aterrorizado a inexperiente menina e que haviam acabado por transtornar-lhe o juízo, sem a oportuna presença de quem ela amava como o seu anjo tutelar.

Enquanto isso, a notícia da doença de dona Maria das Neves e sua agonia era uma das novidades do dia, assim como a volta à razão do filho primogênito de tão abastada família.

D. Egas quis se apresentar de novo na casa do Comendador, mas souberam que toda a família estava reunida na casa de dona Maria; ademais, o fato de terem sido dispensadas suas pretensões, ferindo seu orgulho, o fazia emudecer; todos os passos que tivessem que dar para arrancar a vítima da sua prisão seriam longos e talvez, complicando-se as coisas, trariam desgostos para todos, e quem sabe qual seria o desfecho final: por isso o plano de Ernesto, ainda que atrevido, era o mais breve e, precedendo o inevitável escândalo e rumores que ia dar, era o melhor.

Vejamos agora qual era esse projeto de Ernesto: já não deveria como no dia anterior, atravessar a cidade a pé, iria em seu coche e este ficaria esperando ao pé da ladeira: combinou seu vestuário de maneira que pudesse facilmente se livrar dele – por isso prendeu a touca à peruca para poder tirá-las juntas, e o vestido era uma espécie de dominó, que pudesse sair de uma só vez: ele ia vestido de calça e fraque preto todo abotoado: uma vez introduzido no salão do locutório, e quando as freiras estivessem mais entretidas, dissimuladamente, iria desatando os cordões de seu disfarce e deixando-o rapidamente; contava com o espanto e a confusão que produziria a presença de um homem, para pegar Gabriela pela mão e sair correndo com ela dali, entrar no coche que os esperava e não parar até o Saco do Alferes.

Fez todos os preparativos e chegou sem novidade de nenhum gênero até a portaria do convento, ali se aproximou ao torno e chamou a rodeira dizendo-lhe:

—Bom dia, senhora Isabel, (já sabia seu nome) como está desde ontem?

—Deus a guarde, boa mulher, traz o material?

—Sim, boa madre, e que coisas lindas trago hoje para as santas freirinhas!

—Espere que já vou abrir-lhe.

Como no dia anterior, nosso herói foi introduzido à vasta sala do locutório, e logo se viu rodeado pelas madres, que lhe deixaram vazia a caixa; mas em vão movia os olhos buscando Gabriela, ela não aparecia!

Sua agitação era tanta que nem sabia ainda o que responderia às freiras, se perguntasse por ela poderia trair-se; tinha que conseguir impulso para sair correndo pelos claustros chamando-a, mas temia que acontecesse um escândalo e sem o resultado que pretendiam seus esforços, quando já não tinha mais nada que vender, pagaram-lhe e se viu outra vez na portaria, descendo a ladeira, entrou no seu coche e voltou a sua casa, só então se deu conta das diferentes emoções que o agitavam: sua inquietação era terrível, o que teria acontecido com Gabriela? Por que não sairia como no dia anterior? Por acaso estaria doente? Ou presa em alguma cela por ordem da sua própria família? Teria sido descoberta a sua carta e teriam tomado precauções? Mas nesse caso suspeitariam da veracidade de seu caráter como vendedora e ainda de seu disfarce... a última reflexão que vinha à mente era não ser amado... É verdade, Gabriela nunca lhe havia dito que o amava, mas por acaso é necessário dizer essas coisas? Porventura seus olhos não haviam dito o mesmo de mil modos?... A linguagem misteriosa e sincera do coração não tem palavras, nem declarações em verso ou prosa, nem bilhetinhos, nem nada mais que um idioma que não se ensina nem se estuda, a não ser a manifestação espontânea de nossos sentimentos... E dessa manifestação ele estava certo... por acaso a jovem não confiaria em suas palavras? Mas como desconfiar de quem se ama?... Talvez não tivesse coragem de enfrentar o escândalo, talvez temesse por ele... O pior estado que conhecemos é o dia da incerteza, é um inimigo traidor que não se sabe como combatê-lo, é um labirinto confuso de onde não se sabe por onde sair, é um mar tempestuoso, onde se navega sem bússola, é um abismo sem fundo, onde rodamos de indução em indução até o desespero... e Ernesto estava mais abatido quanto maiores e mais vigorosas haviam sido suas esperanças!... D. Egas não sabia o que fazer, mas atribuía toda a culpa ao capelão; Dona Maria tentava acalmar seu filho, lembrando-lhe que, quanto mais longe acreditamos estar da felicidade, é quando, pelo contrário, mais próximo a ela nos encontramos.

Enquanto isso, ficaram esperando os acontecimentos, porque nada mais podiam fazer, mas a paz, a tranquilidade que gozaram até ali estava perdida com a alegria de seu filho... deixemos-lhes nesse estado crítico e, mais felizes que eles, vejamos o que aconteceu com Gabriela.

20.
MAQUIAVELISMO MONÁSTICO

O dia em que Ernesto de Souza entrava disfarçado no convento, para fazer com que chegasse às mãos de sua querida a carta que já fizemos conhecer ao leitor; S. R. o capelão, apesar do mau tempo, havia mandado chamar uma carruagem para dirigir-se a Botafogo em busca dos pais da jovem; soube ali que a família se encontrava na cidade, na casa da enferma; teve então que regressar e depois de duas longas horas rodando sem parar de um lado para o outro, chegou, ao fim e término da missão que se havia proposto.

Alucinado com o santo desejo de dar um exemplo de devoção ao mundo já que tão raros vão sendo na época presente, queria o reverendo que as coisas fossem arrumadas, por isso, imposto dos motivos que existiam, sabendo com que tipo de gente ele estava lidando, determinou-se ir a ver o pai e a mãe da jovem, determinado a contar-lhes a mentirinha de que era a menina quem o enviava a eles para anunciar-lhes seu desejo de fazer sua profissão, sua consciência lhe dizia que era uma mentira, mas em seu dedicado zelo, esperava que o perdoasse nosso Senhor e que imposta de suas piedosas intenções, o perdoaria a Igreja; isto não seria difícil, ademais de ser de casa, são pecadinhos de fácil absolvição, porque redundam em proveito geral.

Sua reverência estava segura de que a família não se oporia, porque os ânimos deviam estar indispostos contra a pecadora, consequentemente, e uma vez que era de seu agrado, a família não teria nada que objetar; com relação à jovem, o capelão contava dizer-lhe que era ordem categórica de seu pai, começar o noviciado a partir desse dia, e seja à força de súplicas, seja de histórias tenebrosas do inferno, seja de promessas sedutoras, alcançar o objeto desejado.

Foi o Comendador quem recebeu S. R., ouviu-o com muito prazer, por saber enfim de sua filha, e com respeito àquilo de fazer voto, não opunha nenhum obstáculo de sua parte, nem acreditava que sua mulher o pusesse também, mas antes de se realizar esse acontecimento, era preciso que Gabriela viesse à casa de sua família; em primeiro lugar, porque sua avó estava em estado de morte e ela deveria estar presente, e em segundo lugar, acreditava já dissipada a ideia do casamento entre sua filha e seu irmão demente, que já recuperara a razão e, portanto, daí a um par de horas mandaria buscar sua filha.

Quando o Comendador terminou de falar, o santo homem ficou aterrorizado, gelado, sem forças! Contudo, não se rendeu ao primeiro golpe, e tratou de convencer o Comendador, de que o tempo que ia fazer sua filha perder era terreno perdido no caminho da salvação, que o mundo tinha perigos que uma jovem não conhecia e que nada seria tão agradável ao Senhor como a profissão dessa jovem nos momentos em que sua avó ia expirar, que era uma expiação, uma oferenda preciosa da virgindade daquela menina, ao altar etc., etc.

O Comendador esteve sublime de paciência e de gentilezas, mas não afrouxou, e foi em vão o suor, o choro e a declamação de S. R. obteve sempre a mesma resposta e se retirou sem conseguir o que pensava.

De volta em seu coche, sorvia rapé e blasfemava contra os ricos! Desta forma, para não perder tudo, o reverendo, ao chegar à sua casa, em meio a suas lamentações, sentou-se à mesa, e falando da impiedade do século, da falta de devoção e de outros escândalos semelhantes, fartou-se de sopa, de guisados, de doces, de bolinhos, e de todos os pratos deliciosos que suas filhas espirituais preparavam para ele: Margarida, por sua vez, seja mudando o prato, seja limpando um talher, enxugando um copo, destampando uma garrafa, apurando um molho e servindo de um tudo ao reverendo, ouvia as lamentações deste, e o aconselhava por alto às vias de fato: dizendo que como já tinham o pássaro na gaiola, não se devia deixar escapar; que se ela estivesse no lugar de sua reverendíssima não entregava a jovem, que se manteria firme. Ao capelão não lhe desagradava muito essa ideia, porque sabendo o quão difícil é neste mundo fazer valer o seu direito, que obstáculos puseram a esse mesmo direito a justiça secular e a eclesiástica, contando com a desordem e a confusão que reinavam na casa do Comendador, S. R. poderia dizer ao emissário da família, ou mesmo ao pai em pessoa se viesse, que a menina não queria sair dali por nada, que não queria falar com ninguém, enquanto isso trancavam-na em uma cela, diziam-lhe que era ordem indiscutível de sua família, vestiam-na de noviça, e se se ganhavam tempo, ao menos seis meses: por uma licença do bispo lhe dispensavam o ano de noviciado e lhe faziam professar antes do tempo.

Depois de comer, S. R. foi à igreja para conferenciar com a abadessa, e dessa longa entrevista resultou que Gabriela foi trancada em uma cela do segundo pátio, onde somente ela estava, com ordem de que nem leigas, nem rodeira, nem ninguém, a não ser o capelão e a abadessa falassem com ela, contra a sua vontade, puseram-lhe o hábito de noviça, e deixando-a em sua prisão se prepararam para a luta.

A pobre Gabriela, quase desmaiada de dor e de medo, ficou abandonada em seu confinamento, com a carta de seu bem-amado, para todo consolo do presente e por única esperança do porvir.

Com efeito, à oração, parou um coche ao pé da ladeira e o Dr. Maurício se apresentou ao capelão, em nome do Comendador, para buscar sua prima. S. R. fingindo muito pesar, relatou ao jovem doutor os acontecimentos que ele mesmo havia urdido, como se fossem certos. O moço o ouviu com manifesto desgosto, fê-lo saber que aquela menina era menor de idade que devia se sujeitar às ordens de seu pai e enfim que a chamassem porque desejava ouvir de seus lábios sua determinação.

O capelão o convidou a passar com ele à igreja, ali deu ordem à abadessa, e esta foi, ou fingiu que ia segundo tinham combinado, a chamar Gabriela; depois de demorar bastante lá dentro, voltou dizendo que a jovem se recusava absolutamente a ver alguém.

Maurício desconfiou da maquinação infernal que envolvia sua prima, e fez que o capelão soubesse que jogava um jogo muito arriscado, porque a justiça interviria no negócio e seria muito indecoroso para o convento se lhes pegassem em tal fraude, que ele tinha dados para desconfiar dessa súbita devoção em uma menina que não tinha outro motivo para refugiar-se no convento que fugir de um casamento que lhe repugnava.

O reverendo não se deu por vencido, e Maurício teve que se retirar, pesaroso e cheio de inquietude: deu conta do mal desempenho de sua missão, o que aumentou o conflito da família, aflita com o espetáculo da terrível agonia da senhora, e alarmada com a rápida prostração das forças de dom João.

Os cálculos do reverendo eram infalíveis, porque naqueles momentos não tinha que pensar em ir à justiça, nem em outra coisa que não fosse atender aos enfermos: Camila havia chegado com sua filha, e D. João havia se casado com ela, falecendo algumas horas depois, em meio aos soluços de seus filhos; dona Maria, por outro lado, lutava horrivelmente, mas a poucas horas da morte de seu filho, Deus teve também misericórdia dela, e cessou de sofrer; de maneira que eram dois cadáveres para enterrar, duas dores, em vez de uma, e é inútil querer pintar o deslocamento natural de semelhantes ocasiões, para estranhar que a pobre Gabriela ficasse abandonada a seu destino, enquanto se cumpriam com esses últimos deveres, e aconteciam essas últimas cenas do drama da vida.

Enquanto isso, Gabriela chorava e caía enferma. O capelão e as freiras buscavam conquistá-la e Ernesto se propunha a tentar um último esforço para sair da horrível dor em que estava.

21.
ERNESTO DE SOUZA

Não podendo dominar por mais tempo a angústia que o dilacerava, Ernesto resolveu atropelar todo o respeito humano, porque o sacrifício que eles lhe impunham era superior à sua força. Vestiu-se sem dizer nada à família e se dirigiu à casa de dona Maria das Neves: um terno preto realçava a palidez do rapaz, o seu ar era sério, o seu andar moroso, nas suas maneiras havia a marca de uma grande resolução, da qual, talvez, sua vida dependesse. Era noite, todas as portas e janelas estavam abertas, a frente da casa estava colgada de preto, as escadas estavam forradas de luto também: alguém morreu, o jovem disse a si mesmo, eu não me importo, é necessário que eu saiba *dela*. Os criados estavam vestidos de luto, os pajens que acompanham o cadáver de um rico no Brasil, andavam pelas escadas, ninguém perguntou o que ele buscava, foi seguindo adiante. Entrou na primeira sala, estava revestida de preto, no meio se elevava um estrado forrado de veludo e tranças douradas em torno do qual ardiam tochas de cera negra em enormes candelabros de prata, cuja luz amarelada se refletia em uma túnica branca finíssima que envolvia o cadáver colossal de uma mulher, era o féretro da senhora... ao seu lado velava um missionário de alta estatura e de cabelos brancos como a neve.

Ernesto passou à sala ao lado, era o mesmo espetáculo... era outro quarto revestido de preto, era outro féretro e outras tochas, sob cuja luz fraca se via a cabeça pálida de um morto, era o cadáver do infeliz dom João... também havia um homem sentado em frente a esse estrado, mas um homem jovem, vestido de preto, e em cuja fronte estava estampada uma dor imensa. Ernesto se aproximou do rapaz, este ergueu a cabeça e fez uma ligeira saudação a Ernesto. O jovem Souza sentou-se ao seu lado e lhe disse:

—São estes os despojos de dona Maria das Neves e de seu filho dom João?

—Minha avó e meu pai – respondeu Maurício.

Ernesto cruzou os braços e uma lágrima correu de seus olhos, lágrima que ele não procurou ocultar, ele estava diante de um filho que velava o cadáver de seu pai...

Maurício sentiu um consolo inefável naquela lágrima de um desconhecido, que revelava um coração amoroso e generoso.

Ernesto, depois de uma pausa, ergueu o rosto e, fixando Maurício com um olhar de profunda ansiedade, perguntou com voz insegura:

—E a Gabriela?

—No convento – respondeu o médico, compreendendo que aquele era o jovem de que tinha ouvido a família falar por alto.

—No convento! Como?

—São longos os pormenores, e não serão poucos os passos que custarão para tirá-la dali.

—Senhor, estes momentos são solenes, os objetos que nos rodeiam infundem respeito e gravidade aos pensamentos e às palavras... minha presença aqui é talvez inoportuna... contudo, já não me era possível sofrer mais... Gabriela deve professar?

—Não por vontade de sua família pelo menos... são intrigas de convento... quando tenham terminado as últimas obrigações com estes mortos, creio que o comendador buscará a sua filha.

Ernesto moveu a cabeça com desconfiança e ficou pensativo...

O sino da capela real tocou nove badaladas, Ernesto apertou a mão de Maurício, em silêncio, e voltou a sair como havia entrado, grave e sereno, mas cheio de resoluções que não queria comunicar a ninguém.

Voltou para casa, trocou de roupa, pegou uma corda bem forte, uma lanterna surda[38] e sua adaga, saindo do Saco do Alferes sem avisar a família.

Já passava das onze horas quando ele chegou à montanha, a noite estava escura, relampejava ao longe e trovões ecoavam pelas cavidades da serra. Ernesto rodeou o convento e escalou o muro pelos fundos, saltou para um pequeno pomar separado de um jardim por uma treliça de ferro. Desse jardim passou para um pátio abandonado, onde havia alguns quartos em ruínas, dali atravessou um longo corredor e se encontrou em outro pátio quase igual àquele de que acabara de sair: enfiou-se por um claustro e foi entrando, uma por uma, nas celas abandonadas que encontrou, quase em um canto do último claustro, havia uma porta fechada por fora com um ferrolho, em todo caso o jovem aventureiro, deslizou-o suavemente e deu uma olhada dentro, levantando sua lanterna à altura da cabeça. Uma mulher estava estendida na tarimba que lhe servia de cama, pálida e desfigurada, parecia dormir um sono agitado e soluçava murmurando palavras entrecortadas. Ernesto colocou a lanterna sobre a mesa que havia ali, entre uma caveira e um jarro de água, depois se ajoelhou, pegando entre suas mãos a mão fria e seca da jovem, cujo pulso revelava uma forte febre. Era Gabriela, mas em que estado!...
O rapaz a contemplava reprimindo sua respiração e procurando serenar a convulsão que o agitava. O que fazer nessa hora? Carregar a sua querida como o solitário de Arlincourt[39], quando roubou o cadáver de Elódia da capela onde estava de-

---

[38] **LANTERNA SURDA:** De acordo com o dicionário, lanterna surda significa o mesmo que lanterna de furta-fogo, aquela em que a luz se pode ocultar rapidamente.

[39] **ARLINCOURT:** *Charles-Victor Prévost d'Arlincourt* (1788-1856) publicou "Le Solitaire" ("O Solitário"), na França, em 1821. A obra foi um enorme sucesso, sendo traduzida para dez línguas diferentes nos anos seguintes à sua publicação, inclusive em português e espanhol.

positado? Mas como pular grades e muralhas? Como expô-la naquele estado à chuva que já começava a cair torrencialmente? O próprio barulho da tempestade o fez tentar outro meio, despertar a Gabriela e ver se seria possível combinar com ela o que deveria fazer.

A essa voz tão doce que a chamava, ao contato dessas mãos que apertavam as suas, e ao aroma desse hálito abrasador que roçava sua fronte e suas bochechas, a essa influência tão poderosa do amor, a jovem abriu os olhos com estranheza, ela estava fraca e a febre perturbava um pouco sua razão. Por longo tempo ela olhou para Ernesto sem reconhecê-lo, sem saber o que estava acontecendo com ela. Quando mais calma entendeu que era *ele* e lembrou-se de tudo, e se viu sozinha, àquelas horas, em uma cela retirada, e em meio de uma noite tempestuosa, isolada do resto do convento, o instinto de pudor, tão belo na mulher, revelou-lhe o inconveniente de sua posição e, levantando-se de sua cama se sentou, enquanto Ernesto continuava ajoelhado ao seu lado.

—Senhor – disse Gabriela – por quem sois vós, como haveis entrado aqui?... explicai-me o que é isso.

—Gabriela, eu não podia viver na horrível incerteza do seu destino... não encontrando a senhora em sua casa, pulei as paredes, decidido a procurá-la e chegar ao seu lado e pedir-lhe uma explicação.

—Ai! Senhor! Separemo-nos, sou muito infeliz, minha família quer que eu professe... prende-me para sempre neste claustro... Oh! Vá embora, senhor, deixe-me... resta-me pouco tempo de vida!

—Não, Gabriela, tudo é um truque que eles usam para prender a senhora nesta horrível prisão... enganam a senhora e enganam a sua família.

—E se isso é assim, por que meu pai me abandona... minha mãe? Ah! Eu os conheço, eles não terão misericórdia de mim! Minha avó nunca me perdoará por eu ter me rebelado às suas ordens... colocaram-me entre o casamento com meu tio louco ou esta horrível mansão.

Gabriela ignorava o que havia acontecido em sua casa e Ernesto não achou apropriado contar a ela.

—Acredite em mim, senhora – ele respondeu: há fatos graves que têm impedido sua família de tomar providências para tirá-la daqui... mas não se desespere com o futuro... ainda vamos ser felizes!

—Não... diga-me, senhor, seu nome, eu não sei.

—Ernesto de Souza.

—Ernesto!... Vá embora, senhor, já me viu... não diga a ninguém, o que pensariam de mim... talvez a presença do senhor nesta casa seja um crime!

—Eu não sou porventura seu esposo, Gabriela... desde que nos amamos, a senhora não se considera ligada a mim, como eu o sou... desde esse dia que nossas almas se encontraram e se uniram, não nos pertencemos mutuamente?

—Não diante do mundo!

—E o que importa o mundo, Gabriela, se estamos diante de Deus!

Seus lábios haviam ficado em silêncio por muito tempo, para que naquele momento, a sós pela primeira vez, eles não se encarassem um ao outro, não dissessem o quanto tinham em seus corações e não se olhassem com a avidez do sedento que chega ao rio onde vai matar a sede que o atormenta!... E talvez somente duas naturezas angelicais, duas almas castas e espiritualistas como a de Ernesto e a de Gabriela, resistissem à tentação do silêncio, da solidão e ao vulcão da juventude e da paixão.

Do livro de memórias de Ernesto foi arrancada uma página, onde Gabriela escreveu uma mensagem ao bispo, pedindo sua liberdade e contando a violência de que era vítima. Depois de escrever, a chuva tinha parado um pouco, ainda havia relâmpagos e trovões rugiam ao longe. Ernesto se despediu de Gabriela, deixando-lhe seu relógio para que ela medisse as horas que iriam passar separados, levando de sua amada um beijo de despedida; ora, vamos, foi o primeiro, e não precisa ser tão rígido, era pouco para tanto empenho e tortura! Pobres apaixonados!

No dia seguinte ao meio-dia, S. S. Ilustríssima[40] chegava ao convento de Santa Teresa para proceder a uma visita geral: o capelão estava ansioso, a abadessa sofria angústias indescritíveis, mas não teve remédio, foi necessário falar de Gabriela, explicar a história à sua maneira, que o bispo ouviu sem fazer nenhum comentário, mas exigindo falar com a jovem. Como negar isso a S. I.? Não houve remédio, a abadessa foi buscá-la, confessou-lhe a farsa que haviam inventado e pediu-lhe de joelhos que não a desmentisse diante do bispo, nem ao santo homem do capelão que ia ficar muito comprometido com tudo isso: Gabriela prometeu tudo o que ela queria, mas assim que se viu diante do bispo, implorou-lhe de joelhos que a arrancasse dali: S. I. era um excelente padre, que a tranquilizou, repreendeu gentilmente o capelão por seu zelo excessivo, e as freiras pelo rigor de suas regras, mas perdoou a todos, deu a mão para ser beijada e acabou levando a jovem consigo: ao pé da ladeira, além do coche de S. I. havia outra carruagem da qual saiu uma senhora de meia idade que se reconhecia que havia sido muito bonita, essa senhora recebeu Gabriela em seus braços, apertou afetuosamente a mão do bispo e, voltando a entrar em seu coche, fez a moça sentar-se ao seu lado, e o cocheiro, girando as rédeas dos cavalos, pegou a estrada para o Saco do Alferes.

Deixamos para o leitor imaginar a surpresa da pobre Gabriela ao ver-se na casa de Ernesto, entre o velho marinheiro e dona Maria, que é a senhora que fora recebê-la quando ela saiu do convento. Assim, acharam que seria melhor do que levá-la para a casa de dona Maria, pois apesar da pouca amizade que os unia àquela família, o estado de Gabriela não suportaria notícias de tanta magnitude. Além disso, dom Egas não perdera tempo, porque pressionado pelo seu filho do que acontecia e em posse do escrito de Gabriela, desde as cinco da manhã que andava a cavalo. A urgência dos acontecimen-

---

40 S.S. ILUSTRÍSSIMA: O tratamento dado a bispo em português é sua Excelência Reverendíssima. Porém, para manter a abreviação usada por Manso, "S. I.", optamos por manter a forma usada pela autora.

tos não permitia nem atrasos nem descanso, ele tornara a ver o comendador, que havia escrito duas linhas ao bispo, e implorado que dom Egas levasse consigo a Gabriela ao lado de sua senhora. Dali, dirigiu-se ao bispo com quem, felizmente, mantinha uma antiga relação de conhecimento, que, sem ser amizade, era um bom antecedente; de modo que em poucas horas mudou-se o destino de alguns dos personagens desta história, serenando-se parte do horizonte. Veremos se todos estão tão felizes como estes.

22.
EM QUE SÃO NARRADOS OS ÚLTIMOS ACONTECIMENTOS DESTA HISTÓRIA VERÍDICA

Passados os dias de luto rigoroso, abriu-se o testamento da senhora – que dona Carolina esperava impacientemente e com fúria acumulada, convicta de que tanto a influência do missionário como os demais acontecimentos providenciais que se sucederam até ali, e aos quais ela apelidava de circunstâncias fatais, haviam influenciado no espírito da finada, dividindo essa imensa riqueza que ela cobiçava para si mesma e para seus entes queridos, e assim era efetivamente.

Dona Maria das Neves deixava livres muitos escravos, particularmente os que mais sofreram, acompanhando-lhes a liberação de pequenos legados.

Dividia o resto de sua fortuna igualmente entre seus filhos João e Gabriel, deixava legados iguais para suas noras Carolina e Camila, e o mesmo espírito de justiça dominava as demais ordens do testamento em relação a seus netos.

Contando com o próximo casamento de D. João é que a senhora havia determinado as coisas assim, e Deus havia permitido que aquela justa reparação acontecesse com todas as formalidades jurídicas necessárias, graças à habilidade e atuação de Maurício. Por isso o ressentimento e desgosto da esposa do Comendador, como todos os papéis estavam em perfeita ordem, as disposições testamentárias foram cumpridas ao pé da letra e a divisão ocorreu com toda a solenidade, a família do Comendador retirou-se para Botafogo, ficando Maurício com sua mãe e irmã na casa da Rua Direita.

De posse dos vultosos bens de seu pai e de sua avó, Maurício deu liberdade a todos os escravos que lhe couberam, deu-lhes um campo para construir suas cabanas e roçados, vendeu os engenhos e tranformou todo o seu capital em dinheiro.

Como ele era mais rico que o Comendador, dona Carolina, apesar da frieza com que os tratava, não decidiu romper com ele abertamente, fez dele seu médico, e o chamava – primo Maurício.

Gabriela, livre da prisão conventual e do horrendo casamento que forjara a ganância e desfizera a morte, havia voltado para o lado dos pais, após ser informada sobre tudo o que tinha acontecido; e como as circunstâncias mudaram e os Souzas eram pessoas de tão nobre linhagem, já não houve obstáculos para a união dos dois amantes, ficando decidido que ao finalizar o tempo do luto o casamento aconteceria.

Então, já noivos, começou para eles essa existência serena como a alvorada de um belo dia, iluminada pelos raios dourados das risonhas esperanças do porvir; essa vida vivida por duas almas que se confundem em uma, esse doce egoísmo que traça em torno de dois amantes o estreito círculo de – tu e eu – egoísmo precioso que os isola do resto do universo!

Não dá inveja essa época da vida?

Oh! E como dá! E pena que seja tão breve!

Nesse mesmo terraço onde antigamente Gabriela caminhava sozinha com o pensamento de seu inocente amor, agora passeavam os dois; de mãos dadas ou apoiando o braço dela no dele!

E essa felicidade já não lhes era suficiente... e eles suspiravam por esse dia em que, unidos para sempre, não mais se separariam.

Pedro, que também se casara com a prima, devia chegar à Corte para o casamento de sua irmã; de modo que nossos leitores devem estar satisfeitos com o desfecho de nosso romance. Aqui rugiu a tormenta, é verdade, velou-se de nuvens negras o horizonte e bramou surdo e inclemente o vendaval, mas a Íris da bonança luziu no firmamento, a tempestade se dissipou e sobre a cabeça de nossos heróis brilha um céu sem nuvens de azul e púrpura.

Resta-nos dar uma olhada no restante dos personagens de nossa história e revelar ainda certo segredinho que vai assustar a mais de um de nossos leitores.

Como já dissemos, a fortuna de Maurício fazia com que seus amáveis parentes não o renegassem em absoluto, porque isso e renegar o dinheiro eram a mesma coisa, a verdade é que se pode desprezar um homem apesar de sua inteligência e de suas virtudes quando ele é pobre, o mesmo não acontece com o rico, porque se São Pedro tem as chaves do céu, os ricos têm as chaves da terra e talvez as do inferno.

Pois bem, a verdade é que o nosso médico, em que pese sua origem mestiça e o opróbrio que pesara sobre os primeiros anos de sua vida, não tinha podido conhecer as suas belas primas sem o perigo da sua tranquilidade... por isso, sem poder decifrar o que seus olhos disseram a Mariquinha, nem o que responderam os dessa encantadora menina, só posso assegurar que um certo rapaz travesso,[41] que segundo conta a fábula sem saber trocou flechas e aljava com *a morte*, divertiu-se em matar de amores a Maurício e Mariquinha.

Deixo à vossa consideração, leitoras[42], o espanto e a dor de dona Carolina e de seu esposo quando descobriram tão hediondo crime!

---

41 **RAPAZ TRAVESSO**: Alusão ao mito de Cupido, filho de Vênus e Marte. Sempre retratado com seu arco, pronto para disparar sobre o coração de homens e deuses e responsável por levar amor aos corações.

42 **LEITORAS**: Novamente a autora se dirige especificamente às leitoras, usando o feminino.

Amar a um mulato! Mesmo sendo primos e tão próximos, era uma coisa monstruosa! É verdade que eram primos, mas não tinham culpa disso! E a tinham por acaso de se amarem?

Maurício, aos vinte e sete anos de vida, há tanto tempo relegado à solidão, era um coração completamente vazio de sonhos juvenis, de ilusões e de esperanças, sua cabeça curvada à humilhação e à vergonha; de repente viu a face de seu destino mudar... seu coração dolorido e meio morto havia reanimado e seu sangue jovem e ardente circulava livre e fecundo em suas veias... nesse momento apareceu um anjo, uma menina cheia de encantos e de beleza! E sem lembrar que ele era mulato e ela branca, a amou!!! E ela, pobre moça inexperiente, deixou-se apanhar na rede dessa bondade angelical, dessa doçura e dessa beleza viril e severa de seu primo!... do filho bastardo da escrava!

Ambos fizeram mal... mas a culpa não é só deles, e sim daquele que prostrou a Jerusalém, reduziu Sodoma à cinzas, destruiu a Babilônia e fez a orgulhosa Roma virar um esqueleto informe que se desintegra em pedaços, coberto com o pó de mil gerações!...

Terríveis niveladores da vaidade humana... Tu, amor, que não perguntas por condições sociais! Tu, dor, que tanto fazes sangrar o coração dos Reis, como o do mendigo mais indefeso! Tu, morte, que acabas com tudo e que não respeitas nem a juventude, nem a ciência, nem a virtude, nem a riqueza!!!

Seis meses se passaram desde a morte de dona Maria; e uma tarde do mês de maio, serena e bela como são as desse mês nos trópicos; um casamento se celebrava na capela da chácara de Botafogo.

Gabriela vestida de branco, a coroa de flores de laranjeira nos cabelos, o véu virginal na cabeça, ajoelhada ao lado de seu querido Ernesto, recebia a bênção nupcial, e pronunciava com voz emocionada de prazer o juramento que ligava sua vida à vida de quem amava! Eles haviam alcançado o zênite da bem-aventurança.

Ao redor dos noivos encontraremos dom Egas de Souza dando o braço à dona Carolina, o Comendador à dona Maria de Souza, Pedro à sua bela Anita, ambos radiantes de prazer, e Maurício, pálido e pensativo ao lado de Mariquinha, que trêmula de emoção apenas toca o braço de seu primo, com sua mão rígida, ainda dentro das luvas de Jouvin[43]!

Diferente do costume, quando a cerimônia acabou, os noivos partiram para Petrópolis; para esconder dos olhos profanos e curiosos a imagem encantadora dos seus amores e das suas alegrias.

No dia 15 do mês seguinte, dia marcado para a partida do paquete inglês da carreira de Southampton,[44] às nove horas da manhã, tudo era uma confusa animação a bordo do gigantesco vapor.

Passageiros que chegavam, bagagens sendo recebidas, criados correndo de um lado para o outro e essa agitação e movimento que marcam um dia de partida. Dia de adeus

---

43 JOUVIN: Em alusão a Xavier Jouvin de Grenoble, que revolucionou a antiga arte de fazer luvas quando, em 1834, na França, ele inventou a matriz de corte, que tornava possível uma luva de ajuste preciso, de fabricação moderna.

44 SOUTHAMPTON: Em 1848, o governo britânico estabeleceu uma linha de correios por meio de paquetes movidos a vapor e à hélice, que reduziu a viagem entre a Inglaterra e o Brasil de 100 para 60 dias, aproximadamente. O serviço entre o Rio e a Europa tinha lugar da maneira seguinte: no dia 9 de cada mês, um navio partia de Southampton com escala em Lisboa, Madeira, Tenerife, São Vicente, Pernambuco e Bahia, e chegava regularmente vinte oito a trinta dias depois de sua partida ao Rio, ou seja, no dia 5 do mês seguinte. Este mesmo navio repartia do Rio seis ou sete dias após sua chegada, refazendo as mesmas escalas, e alcançava Southampton trinta a trinta e dois dias depois.

para uns e de júbilo para outros que regressam ao seio de suas famílias e que esperam com tanta impaciência o sinal para partir; como é doloroso para aqueles que vão se dividir!

Entre o tumulto dos passageiros e dos que sobem a bordo para acompanhá-los estavam as famílias do Comendador e do Souza.

Contudo, não havia senão rostos satisfeitos, e quando o sinal de partida soou a bordo, alguns dos indivíduos que conhecemos nesta história desembarcaram; e outros ficaram no vapor.

Quando a campainha da comida chamou os passageiros à mesa, entraram no vasto salão que serve de refeitório, entre outros diversos passageiros – o Comendador e sua esposa –, e Maurício, dando o braço para a prima Mariquinha.

É que hoje está muito na moda viajar, e nem a bordo, nem nessas populosas capitais europeias, vão perguntar a um estrangeiro, quem sois?

Sois branco ou preto? Nem é preciso temer as fofocas; por isso guardamos a esperança de que Mariquinha tenha sido tão feliz quanto seus irmãos.

Fim.

MULHERES LIVRES E ESCRAVIZADAS EM *LA FAMILIA DEL COMENDADOR*

Maraysa Araújo Silva
Miriam Cristine da Costa Souza

Ora prisioneiras da família ora vítimas do escravismo, as personagens mulheres retratadas na obra tentam romper as correntes que as aprisionam. Primeiramente, informamos aos leitores que *La familia del Comendador* está ambientada no Rio de Janeiro do século XIX, em pleno Brasil monárquico. Acrescentamos que, nessa obra, deparamo-nos com a forte denúncia de uma sociedade patriarcal e escravista, em que o poder opera de forma sintomática: "manda quem pode". Assim, seu enredo faz crítica, por um lado, à reprodução do patriarcado, tendo a cumplicidade, inclusive, de algumas personagens femininas, que reforçam a manutenção do sistema; e, por outro, ilustra a forma pela qual a Igreja Católica enxergava as mulheres "livres" e sua obsessão em aprisioná-las sob o seu domínio. Somado a isso, notamos que algumas personagens da obra fogem do estereótipo idealizado para a mulher do século XIX de "filhas obedientes, mães respeitáveis e esposas dignas". Dentre elas, destacamos as personagens Dona Carolina e Gabriela – representações de *mulheres livres* – e Alina e Camila – representações de *mulheres escravizadas*.

Conforme a afirmação de Gerda Lerner,[1] a escravidão é a primeira forma institucionalizada de dominância hierárquica na história humana. Nesse sentido, Lerner afirma que a opressão das mulheres precede a escravização dos homens e, ao mesmo tempo, torna-a possível. Desse modo, a situação das mulheres pode ser comparada à condição dos escravizados, uma vez que estavam em uma conjuntura de dominação, submissão e dependência. Como resultado dessa relação de poder simbólico, a mulher passa a ser relegada ao segundo sexo, conforme postulou Beauvoir.[2] Nessa perspectiva, o homem é considerado o sujeito absoluto e a mulher é vista como o outro, sendo reduzida a um objeto. Diante dessas tradições, compreendemos que no romance *La Familia del Comendador*, de Juana Manso, emergem problemáticas enfrentadas por diversas mulheres livres e escravizadas no século XIX.

Como exemplo de mulher livre, destacamos a protagonista Gabriela, que ao ver-se compelida a se unir em matrimônio com seu tio "louco" devido aos interesses econômicos de sua família, decide fugir para um convento em busca de proteção. Em oposição à determinação imposta pela sua mãe, a protagonista responde: "Pues yo, [continuó la joven con voz firme] antes seré monja que casarme con mi pobre tío demente."[3] A partir desse fragmento, percebemos que se a protagonista se casa com seu tio, sujeita-se às ordens de sua família, seguindo a lógica patriarcal. Ao mesmo tempo, se a personagem faz os votos no convento, tornando-se freira, submete-se aos preceitos da Igreja e se abstém dos desejos carnais, relegando também o envolvimento com o homem a quem ama, o jovem Ernesto. Dessa forma, se por um lado Gabriela foge do casamento procurando refúgio em um convento, por outro, ela se depara com a prisão do claustro, imposta pelo sacerdote que tenta convencê-la, usando de meios espúrios, a tornar-se freira;

---

[1] LERNER, Gerda. *A criação do patriarcado*: história da opressão das mulheres pelos homens. São Paulo: Cultrix, 2019.
[2] BEAUVOIR, Simone de. *O segundo sexo*: fatos e mitos. Rio de Janeiro: Nova Fronteira, 2019.
[3] MANSO, Juana Paula de Noronha. *La familia del Comendador*: novela original. Buenos Ayres: Imprenta de J. A. Bernheim, 1854.

ou seja, esse é o retrato dos efeitos do patriarcado na vida das mulheres, que têm sua liberdade cerceada pelo sistema; ainda que sejam "livres" e representantes da classe dominante.

Procurando uma saída para escapar do seu triste destino, Gabriela encontra o apoio e a cumplicidade de sua fiel criada e amiga, Alina, uma mulher negra e escravizada, que sente na pele e na alma o que é viver a privação da liberdade. O sofrimento de Gabriela e de Alina, guardadas as devidas proporções, aproximava-as, como podemos observar no trecho: "[...] llegadas a la puerta se arrojaron una en los brazos de la otra, allí no había esclava ni ama, ni blanca ni negra, había dos mujeres afligidas, cuyos corazones nivelaba el dolor y la amistad."[4] Por ser cúmplice na fuga de Gabriela, Alina sofrerá a violência impetrada pelos usurpadores da liberdade, sendo açoitada para extrair dela o paradeiro de sua senhora. Porém, após as cenas de violência, foi abandonada no tronco, sem receber nenhum cuidado. O máximo que conseguiram dela foi tirar-lhe a vida, visto que nem a bondade do médico Maurício, filho de D. João, pôde salvá-la.

As cenas de tortura vividas por Alina, que chocam o leitor, foram protagonizadas por Dona Carolina, mulher branca e livre, que ordenou o açoite. Esta última, além de torturar fisicamente os escravizados, torturava psicologicamente sua própria filha, para que obedecesse a suas imposições e colaborasse para manter o poder econômico nas mãos de sua família. Ainda nesse núcleo familiar, as intimidades conjugais são reveladas, baseadas no jogo de interesses pessoais do homem, nas quais o Comendador se deixava dominar pela mãe e pela esposa, contanto que tivesse alguns direitos, como, por exemplo, poder seduzir as mucamas de sua mulher e outras jovens da fazenda que cruzassem seu caminho. Nessa troca de favores, as mulheres da família assumem uma posição de comando, falsa ilusão de poder que sugere um matriarcado igualmente irreal. Entretanto, notamos que, no decorrer da narrativa, Dona Carolina é vítima de abuso psicológico por

---

4 Ibid., p. 73.

parte de seu esposo, dado que era constantemente silenciada – e, por que não, comprada –, com presentes caros e com a aparente autoridade que lhe era atribuída. A partir dessa fictícia ideia de matriarcado, a personagem permanecia calada diante das traições cometidas pelo Comendador e perpetuava as tradições patriarcais criticadas por Juana Manso.

Quanto à personagem Camila, esta é descrita como uma jovem mestiça que tem certas permissões, como aprender a ler, a escrever e a gozar da confiança de sua ama: "Entre las mucamas de doña María das Neves, había en el ingenio de Macacú una joven mulata, llamada Camila. Era una hermosa mujer de raza mixta, es decir hija de mulata y de blanco."[5] A apresentação de Camila como "mulata" denuncia a prática de exploração dos corpos das mulheres negras escravizadas por parte de seus senhores, e, sugere que, provavelmente, o Comendador repetia um comportamento de seu pai, de quem ele havia aprendido. A presença da personagem Camila na trama revela os amores ilícitos entre senhor e escrava e a bastardia dos frutos dessas uniões que, embora fossem filhos do senhor do engenho, mantinham a condição de escravizados. Segundo Bell Hooks,[6] a mulher negra além de ter sido explorada como trabalhadora no campo, foi explorada em atividades domésticas, como reprodutora e como objeto sexual perpetrado pelo homem branco. Consoante a esse pressuposto, compreendemos que, em *La familia*, Alina e Camila são vítimas de um sistema estruturalmente opressor, sexista e discriminatório.

A história mostra que, quando D. João perdeu os sentidos, após os castigos de sua mãe, Dona Maria das Neves, Camila se encarregou de seus cuidados. Desse modo, ela se aproximou do homem por quem sentia afeição desde criança. Embora Camila fosse impedida de viver esse amor, dada a sua condição de pessoa escravizada, a relação do casal gerou frutos. A gananciosa Dona Maria das Neves, presumindo que

---

5 Ibid., p. 22.
6 HOOKS, Bell. *E eu não sou uma mulher?*: mulheres negras e feminismo. Rio de Janeiro: Rosa dos Tempos, 2020.

Camila estivesse interessada na fortuna da família, decidiu casar Gabriela com o tio, de modo que a jovem Camila e seus filhos não tivessem direito aos bens de D. João. No desfecho da narrativa, Camila e D. João, finalmente, contraem matrimônio. Todavia, o caminho que ambos percorrem até que isso aconteça, e inclusive após o evento, é marcado pelo racismo e inumanidade. Assim, os destinos das mulheres representadas na obra seguem a lógica patriarcal enraizada na sociedade. Para além da denúncia de exploração que acomete a mulher branca, observamos na narrativa de Manso uma crítica aos abusos sofridos pelas mulheres negras.

Segundo Abdias Nascimento,[7] os escravizados eram rotulados como sub-humanos ou inumanos, existiam relegados a um papel na sociedade, correspondente à sua função na economia: mera força de trabalho. Nesse sentido, os indivíduos escravizados sequer eram vistos como seres humanos, principalmente no que tange ao plano de continuidade da espécie, sendo impedidos de estabelecer quaisquer estruturas familiares estáveis, posto que, as mulheres escravizadas pertenciam a seus amos e que eles detinham o poder sobre seus corpos.

Repensando os lugares de silêncio presentes nessa obra, podemos observar os processos de ruptura e desconstrução que Manso logra alcançar por meio de sua escrita. A autora traz à luz questões pouco discutidas na época, ademais de antecipar o debate abolicionista que ocorreria de forma lenta e gradual nas décadas seguintes. Ponderamos que, nessa obra, as personagens escravizadas não são construídas a partir de um lugar de fala de autoria feminina negra, diferentemente do romance escrito por Maria Firmina dos Reis, *Úrsula*, publicado em 1859, outra obra precursora do abolicionismo. Contudo, consideramos que a leitura de uma obra como *La familia del Comendador*, com fortes denúncias à sociedade patriarcal e escravista do século XIX, colabora para discussões acerca da tradição do cânone literário que exclui as escrito-

---

7 NASCIMENTO, Abdias do. *O genocídio do negro brasileiro:* processo de um racismo mascarado. São Paulo: Perspectiva, 2016.

ras oitocentistas, menosprezando suas narrativas. Finalmente, nós leitores e leitoras, por meio de um narrador intruso, podemos adentrar no espaço das relações familiares e sociais do Brasil do século XIX e refletir sobre os moldes nos quais a nossa sociedade se fundamenta.

JUANA MANSO OU JOANNA NORONHA: UMA MULHER COM MUITOS NOMES

Luma Virgínia

> *Eu combato com meu nome à frente*
> *Juana Manso, 1852.*

Se abrirmos um jornal, como quem se senta para saber as notícias, não as de hoje, mas sim as da América do século XIX – como uma espécie de viagem no tempo –, para onde quer que nossos olhos se voltem, e sobre os mais diferentes assuntos, seremos levados por uma mão em comum: a de uma senhora *americana*, como ela mesma se autodefinia. Imaginemos a leitura de um jornal novaiorquino, de 1846, nele encontraremos uma longa nota biográfica sobre um músico português que está em turnê nos Estados Unidos, assinado com as iniciais *J. P. M. de N.*. Se o jornal for brasileiro e quisermos saber o que acontece na cena cultural carioca, seguramente veremos estampado o nome de *Joana Paula Manso de Noronha*, ora como jornalista ou romancista, ora como dramaturga ou atriz. Se nesse percurso cruzarmos a fronteira em direção à Argentina, facilmente encontraremos o nome *Juana Manso*, bem assim, de forma mais breve, assinando em jornais, em temas relacionados à emancipação das mulheres, à educação, à história do país, e ainda, envolvida na política e em eventos públicos, ou seja, uma escritora exibida, como diria Graciela Batticuore.

Foi assim, perseguindo alguns desses rastros, em periódicos, correspondências, teatro, censos e censores, e também observando trabalhos publicados a seu respeito, que me chamou a atenção, ademais dos temas subversivos de que tratavam, uma outra questão, talvez mais sutil, mas não menos intrigante: a sua assinatura – assim como o nome que cada pesquisador(a) adotava para se referir à Juana Paula Manso de Noronha (1819-1875).

Como escreveu no seu primeiro romance, *Misterios del Plata*, 1852, "como a última flor depositada pelo peregrino na porta do lar doméstico que vai abandonar, nós escrevemos", e assim estava ela: cruzando uma América em ebulição, não apenas à frente de um jornal, mas também nos bastidores, ocupando diferentes lugares em disputa: na imprensa, na literatura, no teatro, na educação, na política de seu país, em momentos emblemáticos para a formação do estado nação, e assinando seus textos como quem renuncia viver no anonimato. Quiçá por esse motivo ela tenha escrito: "eu, infelizmente talvez, nunca serei servil, nem nas minhas opiniões, nem nos meus escriptos".[1]

As assinaturas que adotou foram várias: no Brasil usava *Joanna*, uma grafia – e fonética – mais aportuguesada; *Joanna Paula Manso de Noronha*, carregando sua identidade paterna e o nome de seu companheiro, o músico Francisco de Sá Noronha. Mesmo depois da separação, usou por um tempo o nome de casada, *Joanna de Noronha*, para se apresentar nos palcos e assinar alguns textos. Escreveu em nome de um coletivo, o da *Associação de artistas do teatro*, e de homens poderosos, como Domingo F. Sarmiento, para poder ser escutada.[2] Às vezes marcava com o nome completo, acrescido do tratamento *Dona*, outras apenas com as iniciais, reflexos da perspicácia para saber como entrar em espaços geralmente hostis à presença das mulheres, pois, como escreveu em carta

---

1 *Jornal das Senhoras*, 01 de janeiro de 1852, p.1. Foi mantido o português da época, século XIX, nas citações.
2 Nas conferências de Chivilcoy, na Argentina, Manso começa sua fala dizendo: "no vengo a hablaros en mi nombre, soy nadie". ZUCCOTTI, Liliana. Gorriti, Manso: de las Veladas literarias a "Las conferencias de maestra". In: FLETCHER, L. (comp.). *Mujeres y cultura en la Argentina del siglo XIX*. Buenos Aires: Feminaria, 1994, p. 96-107.

à sua amiga Mary Mann "A mí se me consulta, es verdad, pero á la vez se me deja en la inaccion [...] Pero qué quiere V., son hombres, y yo soy mujer".[3]

O fato de ser mulher no século XIX por si só era suficiente para que a educação fosse limitada, principalmente na América Latina, onde poucas mulheres frequentavam escolas, e não se forma uma escritora se esta, a começar, não for leitora. Em um período que se esperava obediência e ignorância de uma boa mulher, Juana Manso, que fora educada na Argentina com incentivo do pai,[4] já na adolescência traduzia obras do francês e escrevia seus primeiros poemas. Assim, não era só uma ávida leitora, como também tradutora e poeta.

Deixou sua pátria com a família por fazerem oposição ao governo de Juan Manoel Rosas (1793-1877), que governava a Argentina sob uma ditadura (1835-1852). No Brasil, em 1852, lançou o primeiro jornal feminino e feminista, o *Jornal das Senhoras*, com o intuito de "propagar a illustração, e cooperar com todas as suas forças para o melhoramento social e emancipação moral da mulher."[5] Assinava a redação com seu nome, ação pouco comum à época, tanto no Brasil quanto na Argentina, em que as mulheres, e às vezes também os homens, publicavam sob pseudônimos.

Foi nesse jornal que publicou também seu primeiro romance, *Misterios del Plata*, em formato de folhetim, que trazia uma personagem mulher como heroína da trama e sustentava "a denúncia das atrocidades" de Juan Manoel Rosas. Dessa forma, além de jornalista e poeta, Manso se fazia também romancista, assim como outros escritores exilados de sua época – com a diferença que ela publicava no Brasil e em língua

---

3 *Juana Manso*, carta a Mary Mann, 16 de fevereiro de 1869.
4 O pai de Juana Manso, José Maria Manso, era engenheiro e um liberal que apoiava as lutas de independência do país, sendo membro do partido dos *Unitários*. Entre seu círculo de amigos estava Bernardino Rivadavia, ex-presidente da Argentina (1826-27). Nos seus "Recuerdos del Brasil", publicados no jornal *El Inválido Argentino*, Juana Manso conta: "Allí estuvo dos veces el Sr. Rivadavia, la segunda vez subió a mi aula de estudio en el segundo piso; examinó mis libros, mis papeles. -Que estudie esta niña- dijo a mi padre" (VELASCO Y ARIAS, *Juana Paula Manso*: vida y accion, 1937, p. 372).
5 *Jornal das Senhoras*, 01 de janeiro de 1852, p.1.

portuguesa, marcando um cambio cultural.

Apesar de modalizar o discurso e baixar a voz[6] quando lhe era recomendado, Juana Manso insistia em defender e publicizar suas ideias, foi fiel a elas inclusive no leito de morte.[7] Inquieta, fazia críticas de teatro, escrevia crônicas, relatos de viagem – de quando esteve nos Estados Unidos e Cuba –, poemas, artigos sobre educação, sobre a emancipação da mulher e incentivava fortemente todas as leitoras a escreverem e publicarem seus textos – ainda que fossem baixo anonimato.

Para Manso estava claro que "a mulher conhece a injustiça com que é tratada, e reconhece perfeitamente a tirania do homem; não é a ellas a quem temos de convencer da necessidade de sua emancipação moral."[8] Além disso, compreendia que a questão de classes sociais intensificava ainda mais a negação dos direitos, como escreve: "Nas classes pobres da sociedade é onde mais funesto resultado se colhe do embrutecimento da mulher."[9] Escreveu nas folhas de seu jornal que "o Brasil [é] o único lugar da América e da Europa, onde a maior parte das mulheres são domesticamente tyranisadas! onde vegetão como a planta, onde forão despojadas até dos mais remotos direitos, onde a sua intelligencia é quasi sempre considerada um crime [...]."[10]

A sua luta sempre foi pela emancipação da mulher, para que tivesse os mesmos direitos dos homens à educação, a desenvolver-se intelectualmente e em uma profissão. Já à época ela se definia como "Uma mulher escriptora; de mais a mais redigindo um Jornal; [...] Femme Auteur - Como dizem os

---

6 Por causa dos ataques que vinha sofrendo na Argentina pelas conferências públicas que proferia, Domingo F. Sarmiento, que estava nos Estados Unidos, aconselha na sua carta a Juana Manso: "Baje Ud. pues, la voz en sus discursos y en sus escritos, a fin de que no llegue hasta aquí el sordo rumor de la displicente turba", em resposta ela escreve: "He bajado la voz como Vd. me lo aconseja, y tanto que rara vez hablo por la prensa diaria" (VELASCO Y ARIAS, *Juana Paula Manso*: vida y accion, 1937, p. 329).

7 Juana Manso fica insepulta por dois dias por se recusar a receber a Unção dos Enfermos da Igreja Católica e se converter ao catolicismo antes de sua morte.

8 *Jornal das Senhoras*, 11 de janeiro de 1852, p.12.

9 *Jornal das Senhoras*, 11 de janeiro de 1852, p.13.

10 *Jornal das Senhoras*, 08 de fevereiro de 1852, p. 42.

francezes,"[11] e assegurava que escreveria sem se deixar abalar pelas críticas dos homens: "Eu esperava encontrar um oppositor às minhas doutrinas, e como isso me dá pouco abalo, eu irei avante."[12]

Além de escrever notícias, era também noticiada. Durante os anos em que morou no Brasil, a sua atuação no teatro, principalmente carioca, mas não apenas, foi intensa, e seu nome geralmente estava estampado nas seções dos diferentes jornais da capital. Também ao escrever seus artigos de opinião em outros jornais, seus folhetins, como *A mulher do Artista*, 1852, e *A família do Commendador*, 1853, e quando recebe elogios de outras mulheres da época, como da francesa Adèle Toussaint,[13] ou denúncia, como a feita pelo importante dramaturgo brasileiro, João Caetano dos Santos.[14]

Seus nomes – Juana Paula Manso, (D.) Joanna Paula Manso de Noronha, Joana Noronha, Juana Manso – estampados nos jornais faziam um caminho de mão dupla: ao mesmo tempo que marcavam o Brasil com seu olhar estrangeiro, ou mais bem, peregrino, também se deixava marcar por esse país diverso, que acolheu suas produções artísticas. Não se acostumou com o que lhe era imposto, principalmente as limitações dadas às mulheres, e por isso utilizou algumas estratégias para acompanhar seu discurso de resistência. Não cedia, mas ponderava, partia de um lugar para outro, de um nome a outro, como quem se veste com diferentes peles. Até que, por fim, após quase vinte anos exilada de seu país, retorna para Buenos Aires com suas duas filhas, Eulalia e Herminia, e despede-se das terras brasileiras e de um sobrenome retumbante: passa a assinar apenas como Juana Paula Manso ou Juana Manso.

---

11 *Jornal das Senhoras*, 11 de janeiro de 1852, p.11.
12 *Jornal das Senhoras*, 08 de fevereiro de 1852, p. 42.
13 Adéle Toussaint, escritora e poeta francesa, rende homenagens a Juana Manso e escreve-lhe um poema, em francês, publicado no *Jornal das Senhoras* quando este já não estava mais sob a direção de Juana Manso, em 1853. TOUSSAINT, Adèle. A Joanna Noronha. *Jornal das Senhoras*, Rio de Janeiro, 25 set. 1853, p. 312.
14 Por esse caso respondeu a um processo criminal, acusada de cometer injúrias pela imprensa, e foi condenada a dois meses de prisão, mas o ex-parceiro de trabalho desistiu da execução da sentença exigindo em troca que se desculpasse em público. (*Jornal do Comércio*, 1 de dezembro de 1857, p.4).

Os trabalhos que fez como romancista, poeta, jornalista, dramaturga, atriz, educadora etc., assim como lacunas de sua vida, ainda vêm sendo descobertos – felizmente. Mas até onde nossos olhos podem ir, vemos que foi uma mulher que lutou pelo progresso da América, defendeu a emancipação das mulheres, a abolição dos escravizados, a superação da subalternização dos pobres, indígenas e *gauchos* por meio da educação, para uma sociedade mais justa e igualitária.

Apoiadores

O livro não seria possível sem os 737 apoiadores da campanha de financiamento coletivo realizada entre os meses outubro e novembro de 2021 na plataforma Catarse. A todos, um grande obrigado da equipe Pinard.

Adla Kellen Dionisio Sousa de Oliveira
Adriana Chaves
Adriana Millano
Adriana Santos
Adriana Teodoro da Cruz Silva
Adriane Cristini de Paula Araújo
Adriano Luiz Gatti
Aêgla Benevides
Ágabo Araújo
Aisha Morhy de Mendonça
Alan Alves Ferreira
Alberon de Lemos Gomes
Alberto Ferreira
Alberto Hainal Coimbra
Alêssa Salgado Martins
Alessandra Cristina Moreira de Magalhaes
Alessandro Lima
Alex André (Xandy Xandy)
Alex Bastos
Alexandra do Nascimento Ferreira
Alice Antunes Fonseca
Alice Emanuele da Silva Alves
Alice M Marinho Rodrigues Lima
Alice M Marinho Rodrigues Lima
Aline Antunes
Aline Helena Teixeira
Aline Santiago Veras
Aline Silva
Aline Valença
Allangomes
Álvaro Mota
Alyne Rosa
Amanda Biatriz
Amanda Braga Marinho
Amanda de Almeida Perez
Amanda Titoneli
Amanda Vasconcelos Brito
Ana Arele Gomes de Freitas
Ana Beatriz Braga Pereira
Ana Carolina Almeida Manhães
Ana Carolina Cuofano Gomes da Silva
Ana Carolina Dantas Gomes
Ana Carolina Macedo Tinós
Ana Carolina Oliveira de Andrade

Ana Carolina Ribeiro de Moraes
Ana Carolina Wagner Gouveia de Barros
Ana Claudia Souza Barros
Ana Cláudia Tavares Miranda
Ana Elisa de Oliveira Medrado Drawin
Ana Farias
Ana Freitas
Ana Julia Candea
Ana Luísa Fernandes Fangueiro
Ana Luísa Pinheiro
Ana Luisa Simões Marques
Ana Luiza Lima Ferreira
Ana Paula Antunes Ferreira
Ana Paula D' Castro
Ana Paula Guedes Passarelli
Ana Paula Korndörfer
Ana Lemos
Anastacia Cabo
André de Souza Ferreira
André Luis Machado Galvão
André Luís Silva Rodrigues
André Luiz
Andre Molina Borges
Andréa Bistafa Alves
Andrea Carla Pereira Cavalcante
Andréa Lannes
Andrea Mattos
Andrea Vogler da Silva
Andreia Nascimento
Andressa Artero
Angélica Behenck Ceron
Anna Clara Ribeiro Novato
Anna Gabriella Munhoz da Silva

Anna Laura Gomes de Freitas
Anna Raissa Guedes Vieira
Anna Ravaglio
Anna Regina Sarmento Rocha
Anna Samyra Oliveira Paiva
Anne Novaes
Annie Figueiredo
Antonia Mendes
Antônio Carmo Ferreira
Antônio Fernando de Oliveira
Antonio Vilamarque Carnauba de Sousa
Aparecida Sardinha Sayão
Aramis Conceição Pereira
Arianni Ginadaio
Aristóteles Berino
Arthur Sentomo Gama Santos
Artur Cunha
Augusto Bello Zorzi
Augusto Cesar de Castro
Barbara Luiza Krauss
Bárbara Silva Brandão
Beatriz Ayres
Beatriz Veloso
Bernardo de Castro
Bia Albuquerque
Bia Braga
Bia Nunes de Sousa
Bianca Milan
Bianca Patrícia de Medeiros Nascimento
Bianca Silva
Brenda Cardoso de Castro
Bruce Bezerra Torres
Bruna Cruz
Bruna Helena Pereira Junqueira

Bruna Lopes
Bruno Capelas
Bruno Figueiredo Caceres
Bruno Koga
Bruno Moulin
Bruno Schoenwetter
Bruno Sergio Procopio Junior
Bruno Taveira
Bruno Velloso
Caio Pereira Coelho
Caio Rossan
Camila de Ávila Colicchio
Camila Dias
Camila Martins Viana
Camila Menezes Souza Campelo
Camila Oliveira Giacometo
Camila Piuco Preve Camila
Camila Soares Lippi
Camila Szabo
Camila Ximenes Ortiz
Camilla Duarte
Camilla Gonçalves
Carla Curty do Nascimento
Maravilha Pereira
Carla Íria Guerson
Carla Ribeiro
Carla Santos Zobaran Ferreira
Carlos Eduardo Galvão Braga
Carlos Henrique de Sousa Guerra
Carlos Henrique Vasconcelos de Menezes
Carol Campos
Carolina
Carolina
Carolina Araújo
Carolina Cireno
Carolina de Podesta Martin Santana
Carolina Delmaestro
Carolina Giordano Bergmann
Carolina Rodrigues
Carolina Talarico
Caroline Domingos de Souza
Caroline Santos Neves
Catarina Rocha
Catarina S. Wilhelms
Catarine Arosti
Catharina Mattavelli Costa
Catharino Pereira dos Santos
Cátia Vieira Moraes
Cecilia Bruno
Cecilia Fonseca da Silva
Cesar Lopes Aguiar
Charles Cooper
Christianne Pessoa
Cintia Cristina Rodrigues Ferreira
Clauco Gilvaney Sant Ana de Oliveira
Claudia Avila Klein
Claudia de Araújo Lima
Cláudia Lamego
Cláudia Luna
Claudio da Silva Leiria
Clayciele de Melo Oliveira
Crístian S. Paiva
Cristiane Cruz
Cristiano Carvalho
Cristina Rieth
Cynthia Valéria Conceição Aires
Cyntia Micsik Rodrigues
Dafne Takano da Rocha
Daiany Martins Viana

Dani Fuller
Daniel Baz dos Santos
Daniel Coutinho Moreira Felix
Daniel Cunha
Daniel Melo Muller
Daniel Prestes da Silva
Daniel Tomaz de Sousa
Daniela Cabral Dias de Carvalho
Daniela Lêmes
Daniela Maia
Daniele Alencar
Daniele Cristina Godoy Gomes de Andrade
Daniele Oliveira Damacena
Danielle Campos Maia Rodrigues
Danielle da Cunha Sebba
Danielle Valéria Macário
Danila Cristina Belchior
Danilo Albuquerque Mendes Castro
Danilo Silva Monteiro
Dannilo Pires Fernandes
Darla Gonçalves Monteiro da Silva
Darwin Oliveira
David Fé
Débora Loane
Deise C. Schell
Denise Marinho Cardoso
Diego Domingos
Dieguito
Dilma Maria Ferreira de Souza
Diogo de Andrade
Diogo Gomes
Diogo Moreira
Diogo Souza Santos
Diogo Souza Santos
Diogo Vasconcelos Barros Cronemberger
Dk Correia
Dyuliane Oliveira
Edielton de Paula
Edras Ribeiro Simões
Eduarda Queiroz
Eduardo da Mata
Eduardo de Oliveira Prestes
Eduardo Oikawa Lopes
Eduardo Vasconcelos
Elaine Alves
Eliana Maria de Oliveira
Elis Janjíssima Farias
Elizabeth Diogo Gonçalves
Eliziane de Sousa Oliveira
Elton Alves do Nascimento
Emanuella Maranatha Félix dos Santos
Emerson Dylan Gomes Ribeiro
Emmanuel Feliphy
Eneida Lacerda Burigo
Eric da Silva Rocha
Ernestina Rita Meira Engel
Estephanie Gonçalves Brum
Ester Nunes
Evandro José Braga
Evelyn Sartori
Everton de Paula Mouzer
Everton Fernandes Tavares
Evillasio Villar
Ewerton Lucas
Fabiana Alves das Neves de Araújo
Fabiana de Souza Azevedo
Fabiana Elicker

Fabianny Lucia dos Passos
Fabiano Costa Camilo
Fábio Sousa
Fátima Luiza
Felipe Bergamasco Perri Cefali
Felipe Cuesta
Felipe da Silva Mendonça
Felipe de Lima da Silva
Felipe de Sousa Almeida
Felipe Junnot Vital Neri
Felipe Lima
Felipe Pessoa Ferro
Felipe Rufino Pinto da Luz
Fernanda Alves
Fernanda Barbosa Neves Pinto
Fernanda da Conceição Felizardo
Fernanda Souza
Fernando Bueno da Fonseca Neto
Fernando Cesar Tofoli Queiroz
Fernando Cesar Tofoli Queiroz
Fernando Duarte Barros
Fernando José da Silva
Fernando Luz
Fernando Simoes
Flavia Brandao
Flavia Cunha Silva
Flavio Francisco de Morais
Francine Luz da Luz
Francisco Alexsandro da Silva
Francisco de Assis Rodrigues
Francisco Espasandin Arman Neto
Fred Vidal Santos
Gabriel da Matta
Gabriel Pinheiro
Gabriela Viveiros

Gabriella Malta
Gabriely Ribeiro Mendonça
Geórgia Fernandes Vuotto Nievas
Geraldo Penna da Fonseca
Germana Lúcia Batista de Almeida
Gerzianni Fontes
Geth Araújo
Giovanna Fernanda Gregório
Giovanna Fiorito
Giulia Ortega
Giuliana de Lima Julião
Glauco Propheta
Guilherme Onofre Alves
Guilherme Pinheiro
Guilherme Priori
Guilherme Silva Rodrigues
Guilherme Zaccaro
Gustavo Bueno
Gustavo Gomes Assunção
Gustavo Jansen de Souza Santos
Gustavo Ornelas
Gustavo Pavanetti
Gustavo Peixoto
Gustavo Tozetti
Gustavo Yrihoshi Pereira
Hádassa Bonilha Duarte
Haroldo Brito
Helen Barigchun
Helen Nonato
Helena Coutinho
Helena Kober
Helena Zubcov
Heniane Passos Aleixo
Henrique Carvalho Fontes do Amaral
Henrique de Villa Alves

Henrique dos Santos
Henrique Fraga
Henrique Santiago
Herivelton Cruz Melo
Hitomy Andressa Koga
Hugo Rodrigues Miranda
Iaçonara Miranda de Albuquerque
Iara Lopes Maiolini
Igor Macedo de Miranda
Ingrid Peixoto
Ioannis Papadopoulos
Isa Lima Mendes
Isabela Cristina Agibert de Souza
Isabela Dantas
Isabela dos Anjos Dirk
Isabela Flintz
Isabela Hasui Rezende
Isabela Kirch Stein
Isabela Rodriguez Copola
Isabella Miquelanti Pereira
Isabella Noronha
Isadora de Mélo Escarrone Costa
Isadora Soares
Ítalo Lennon Sales
Itamar Torres Melo
Ivan Vianna de Freitas
Ivandro Menezes
Iven Bianca da Cunha Carneiro
Izabel Lima dos Santos
Izabela Batista Henriques
Jaciane Lira
Jaciara D Guimaraes
Jade Felicio Vidal
Jalusa Endler de Sousa
Janaína Edwiges Miranda

Janete Barcelos
Janine Kuriu Anacleto
Janine Pacheco Souza
Janine Soarea de Oliveira
Janine Teixeira
Jeane Nascimento Santos
Jeferson Bocchio
Jessé Santana de Menezes
Jessica Costa
Jéssica Santos
Jéssica Tamyres dos Santos
Jessica Torres Dias
Jéssyca Odorico
Joabe Nunes
João Alexandre Barradas
João Felipe Furlaneti de Medeiros
João Paulo Coelho de Souza Rodrigues
João Vitor de Paula Souza
José Amorim
José Antônio de Castro Cavalcanti
José Antonio Veras Júnior
José de Carvalho
José Guilherme Pimentel Balestrero
José Guilherme Pimentel Balestrero
José Luís Salmaso
José Mailson de Sousa
Jose Paulo da Rocha Brito
Jose Roberto Almeida Feitosa
Joyce K. da Silva Oliveira
Júlia Salles Correia
Juliana de Castro Sabadell

Juliana Gervason
Juliana Gonçalves Pereira
Juliana Marins de Oliveira Pereira
Juliana Martins Almada da Silva
Juliana Nasi
Juliana Salmont Fossa
Juliana Silveira
Júlio Canterle
Julyane Silva Mendes Polycarpo
Junia Botkowski
Kamila Moreira Bellei
Karina Aimi Okamoto
Karina Pizeta Brilhadori
Karina Silva Rosa
Karla Galdine de Souza Martins
Kássio Alexandre Paiva Rosa
Keilia Melo de Morais
Kenia Beatriz Ferreira Maia
Kevynyn Onesko
Keyla Vericio
Lady Sybylla
Laís Felix Cirino dos Santos
Landiele Chiamenti de Oliveira
Lara Almeida Mello
Lara P. Teixeira
Lara Vilela Vitarelli
Larissa de Almeida Isquierdo
Larissa de Menezes
Larissa Gabrielle Mendes Cavalcante
Larissa M F S Andrade
Laura Aparecida Coimbra Martins
Laura Ferreira
Laura Ferreira
Laura Hanauer

Leandro de Proença Lopes
Leila Brito
Leila Cardoso
Leila Maria Torres de Menezes Flesch
Leíza Rosa
Leonardo de Atayde Pereira
Leonardo Pinto de Almeida
Lethycia Santos Dias
Leticia Aguiar Cardoso Naves
Letícia Bueno Cardoso
Letícia Ferreira
Letícia Garozi Fiuzo
Letycia Galhardi
Levi Gurgel Mota de Castro
Lidia Maria Ferreira de Oliveira
Lília Maria Sampaio Santana
Lilian Starobinas
Lismery Canziani Sanchez
Lívia Magalhães
Livia Marinho
Lívia Revorêdo
Lizandra Silva Cruz
Lizia Barbosa Rocha
Lorena Wilson Jabour
Loriza Lacerda de Almeida
Louise Barbosa
Luana Maria
Luana Suzina
Luanancy Lima Primavera
Luanna Nascimento Gomes de Figueiredo
Lucas Cabral
Lucas Freitas
Lucas Moraes

Lucas Simonette
Lucas Sipioni Furtado de Medeiros
Lucas Yashima Tavares
Luciana Harada
Luciana Maria Truzzi
Luciana Morais
Luciano Prado da Silva
Luciene Assoni Timbó de Souza
Ludmila Macedo Correa
Luís Guilherme da Veiga
Luis Felipe Cruz
Luísa Daher Moura Campello Cordeiro
Luiz Antonio Rocha
Luiz Guilherme Puga
Luiz Gustavo Gonçalves Silva
Luiz Kitano
Luíza Dias
Luiza Espindola De Oliveira
Luiza Leaes Dorneles Rodrigues
Luna Ramacciotti
Lygia Beatriz Zagordi Ambrosio
Mabe Galvao
Maikhon Reinhr
Maíra Leal Corrêa
Maisa Carvalho
Mara Ferreira Alves
Marana Vitória de Carvalho Torreia
Marcela Alves
Marcelle Christine Soares de Souza
Marcelle Marinho Costa de Assis

Marcelo Bueno Catelan
Marcelo Gabriel da Silva
Marcelo Medeiros
Marcelo Ottoni
Marcelo Rufino Bonder
Marcelo Scrideli
Marcia Goulart Martins
Marcia Regina dias
Márcia Zanon
Marcio Jose Pedroso
Marco Antônio Rillo Loguercio
Marcos Ferraz Souza
Marcus Vinícius Nascimento Reis
Mari Fátima Lannes Ribeiro
Maria Angélica P. de O. Bouzada
Maria Aparecida Cunha Oliveira
Maria Cecília Carneiro Fumaneri
Maria Celina Monteiro Gordilho
Maria Clara Nunes
Maria Clara Rocha Casal
Maria Daniella Alves Ramos
María del Mar Paramos Cebey
Maria do Rosário Alves Pereira
Maria Eduarda Souza de Medeiros
Maria Elisa Aquino Frigo Beutel
Maria Elisa Noronha de Sá
Maria Fernanda Oliveira
Maria Góes
Maria Irene Brasil
Maria Kos Pinheiro de Andrade
Maria Mirtis Caser
Maria Patricia Candido Hetti
Mariana Barreto
Mariana dal Chico
Mariana de Medeiros Costa

Franco
Mariana Moro Bassaco
Mariana Moura
Mariana Velloso
Mariângela Marques
Marielly Inácio do Nascimento
Marília Correa
Marina Araújo
Marina Dieguez de Moraes
Maríndia Brites
Marisa Luvizutti Coiado Martinez
Marisa Luvizutti Coiado Martinez
Marise Correia
Marisol Prol
Mariucha Vieira Leite de Jesus
Marjorie Sommer
Marriete Morgado
Matheus Brukiewa Rodrigues
Matheus Lolli Pazeto
Matheus Paulinelli
Matheus Sanches
Mayandson Gomes de Melo
Mayara P. S. Moreschi
Meire Celedonio
Mellory Ferraz Carrero
Melly Fatima Goes Sena
Mentes Abertas
Midiã Ellen White de Aquino
Mirella Maria Pistilli
Miriam Borges Moura
Miriam Paula dos Santos
Mirian Cristina Calabria Alves
Miro Wagner
Moira Adams
Mônica Geraldine Moreira
Monica Márcia Martins de Oliveira
Monica Teodoro de Moura
Monick Miranda Tavares
Monique de Aguiar Mendes
Murilo Martins Salomé
Murilo Moraes
Mylena Cortez Lomônaco
Nalu Aline
Nandara Cristine Secco Carmassi
Nara Oliveira
Natália Alves dos Santos
Natália Zanatta Stein
Natan de Andrade Severo
Natasha Karenina
Natasha Mourão
Natasha Ribeiro Hennemann
Nathalia Abreu
Nathalia Costa Val Vieira
Nathália Mendes
Nathalia Nogueira Maringolo
Nathalia Oliveira de Barros Carvalho
Nathalli Rogiski da Silva
Nathalya Porciuncula Rocha
Nelson Corrêa Medrado
Nicalle Stopassoli
Nicolas Ledur Fenner
Niége Casarini Rafael
Nielson Saulo dos Santos Vilar
Nina Araujo Melo Leal
Noemia Francisca de Souza
Norma Venancio Pires
Nuno Costa
Odacir Gotz
Osvaldo S Oliveira

Pacheco Pacheco
Pâmela Ribeiro
Pamina Rodrigues
Paola Borba Mariz de Oliveira
Parada Literária
Patricia de Aguiar Dantas Caralo
Patricia Fernanda Schuck
Patrícia Maia José
Patrícia Souza Pereira Pelagio de Lacerda
Patricia Zambonin
Pattrick Pinheiro
Paula Lemos
Paula Maria Ladeira
Paula Mayumi Isewaki
Paulo Olivera
Pedro Américo Melo Ferreira
Pedro Cavalcanti Arraes
Pedro Fernandes
Pedro Figueiredo
Pedro Pacifico
Pedro Pantoja
Pedro Sander
Pietra Vaz Diógenes da Silva
Pompéia Carvalho
Pricilla Ribeiro da Costa
Priscila Bortolotti
Priscila da Silva Almeida
Priscila da Silva Almeida
Priscila Sintia Donini
Rafael Balseiro Zin
Rafael Frizzo
Rafael Padial
Rafael S

Rafaela de Melo Rolemberg
Rafaela de Oliveira Massi
Rafaela Manicka
Raimundo de Carvalho Araujo
Raimundo Neto
Raissa Barbosa
Raphael Scheffer Khalil
Raphael Siqueira
Raphaela Vidotti Ruggia Vieira
Raquel de Araújo Serrão
Raquel Leiane
Raquel Marina
Raquel Pereira de Lima
Raquel Sampaio
Raul Frota
Rayane Saory Medeiros dos Santos
Rayanne Pereira Oliveira
Regina Kfuri
Rejane Calazans
Rejane Maria Camargo Teixeira
Renan Keller
Renata Bossle
Renata Prado Alves Silva
Renata Sanches
Renato Viana
Ricardo Bilha Carvalho
Ricardo Munemassa Kayo
Ricardo Rodrigues
Rickson Augusto
Rita de Cássia Dias Moreira de Almeida
Roberta Fagundes Carvalho
Roberta Lima Santos
Roberto Guimaraes

Robson Barros
Rochester Oliveira Araújo
Rodrigo Cantarelli
Rodrigo Facchinello Zago Ferreira
Rodrigo Rocha
Rodrigo Rudi de Souza Gutierres
Rodrigo Souza
Rodrigo Svezia
Rogério Correa Laureano
Rogério Mendes
Roney Vargas Barata
Rosimeire Moreira Martins
Rozana de Oliveira Guimarães Moreira
Ruben Maciel Franklin
Sabrina Jacques
Sacha Faustino Barcellos da Gama
Samantha da Silva Brasil
Samantha Magalhães Rodrigues Peres
Samuel Anderson de Oliveira Lima
Sanndy Victória Freitas Franklin Silva
Sergio Klar Velazquez
Sheron Alencar
Silvana S. Lima
Silvia Costa
Silvia Massimini Felix
Simone da Silva Ribeiro Gomes
Simone Guide
Simone Marluce da Conceição

Mendes
Sine Nomine Sbardellini
Sizue Itho
Solange Kusaba
Sonia Aparecida Speglich
Sônia de Jesus Santos
Sophia Bianchi de Melo Cunha
Stefania Dallas G B Almeida
Stephanie Lorraine Gomes Reis
Stephany Tiveron Guerra
Suely Abreu de Magalhães Trindade
Sulaê Tainara Lopes
Suzana Huguenin
Tacila da Silva Souza
Talita Lobato
Tânia Maria Florencio
Tania Ribeiro
Tathiane Casimiro de Souza
Tatiana Rocha de Souza
Tereza Cristina Santos Machado
Terezinha de Jesus Monteiro Lobato
Thainá Lorrane dos Santos Moraes
Thais Giubelli
Thaís Molica
Thais Sangali
Thais Terzi de Moura
Thales Veras Pereira de Matos Filho
Thayane Campos
Thayse Lisboa
Thiago Almicci

Tiago Buttarello Lima
Tiago Coelho Fernandes
Tiago Ferreira
Uiny Manaia
Umber
Úrsula Antunes
Valquiria Gonçalves
Vanessa Coimbra da Costa
Vanessa Costa
Vanessa França Simas
Vanessa Huenerwadel
Vanessa Panerari Rodrigues
Vanessa Ramalho Martins Bettamio
Verônica Meira
Verônica Vedam
Victor Cruzeiro
Victor de Barros Rodrigues
Victor Gabriel Menegassi
Victor Hugo Siqueira
Victória Correia do Monte
Vinicius Eleuterio Pulitano
Vinicius Lazzaris Pedroso
Virgínia Maria de Melo Magalhães
Virgínia Souza Montarde Flores
Vitor Kenji de Souza Matsuo
Vitor Mamede
Vitória Rugieri
Vivian Osmari Uhlmann
Viviane Feijó Machado
Viviane Tavares Nascimento
Waleria Alves
Walter Alfredo Voigt Bach
Wasislewska Ramos

William Hidenare Arakawa
Willian Vanderlei Meira
Wilma Suely Ribeiro Reque
Yasmim Larissa
Ybéria Soares
Yúri Koch Mattos
Yuri Miranda

Coleção Prosa Latino-americana

Originária do latim, a palavra *prosa* significa o discurso direto, livre por não ser sujeito à métricas e ritmos rígidos. Massaud Moisés a toma como a expressão de alguém que se dobra para fora de si e se interessa mais pelos outros "eus", pela realidade do mundo exterior. A prosa está no cotidiano, no rés do chão, nas vizinhas que conversam por cima do muro, nos parentes que plantam cadeiras nas calçadas para tomar ar fresco e ver a vida lá fora. Se ouvimos dois dedos de prosa, já sabemos que estamos em casa. Em "Las dos Américas", escrito em 1856, o poeta colombiano José María Torres Caicedo apresenta pela primeira vez a ideia de latino-americano ao falar de uma terra merecedora de futuro glorioso por conter "um povo que se proclama rei". Hoje o termo diz respeito a todo o território americano, exceto os Estados Unidos, abrangendo os 12 países da América do Sul, os 14 do Caribe, os 7 da América Central e 1 país da América do Norte. É a nossa casa. Dona de uma literatura rica pela diversidade, mas ainda com muitos títulos desconhecidos pelos leitores brasileiros, a prosa latino-americana vem composta pelos permanentes ideais de resistência, sendo possuidora de alto poder de contestação, dentro de uma realidade que insiste em isolá-la e esvaziá-la. Com esta coleção cumpre-se o objetivo de ampliar nosso acervo de literatura latino-americana, para corrermos e contemplarmos a casa por dentro, visitá-la em estâncias aconchegadas, de paredes sempre sempre bem revestidas.

1. Dona Bárbara, de Rómulo Gallegos
2. O aniversário de Juan Ángel, de Mario Benedetti
3. A família do Comendador, de Juana Manso

"*O Jornal das Senhoras* e *Álbum de Señoritas*: a imprensa feminina de Juana Paula Manso" é um projeto de pesquisa da UFRN desenvolvido pela pesquisadora Regina Simon da Silva, em andamento desde 2019, e tem como objetivos estudar a produção jornalística de Juana Paula Manso e os romances/folhetins publicados por essa autora; discutir a questão do exílio e seus reflexos, além de relacionar Juana Manso às escritoras contemporâneas. O projeto engloba seis planos de trabalho desenvolvidos pelas alunas que participaram da tradução da obra *La família del Comendador* (1854) e repercute com o ingresso de pesquisadores no Programa de Pós-graduação em Estudos da Linguagem – PPgEL/UFRN, com estudos sobre a referida autora. As alunas envolvidas no projeto foram contempladas com bolsas financiadas pelo programa PIBIC UFRN (IC) e PIBIC CNPq (IC).

Copyright © 2021 Pinard
Copyright © 1854 Juana Manso
Título original: *La Familia del Comendador*

Grafia atualizada segundo o Acordo Ortográfico da Língua Portuguesa de 1990, que entrou em vigor no Brasil em 2009

EDIÇÃO
Igor Miranda e Paulo Lannes
TRADUÇÃO
Regina Simon da Silva
Miriam Cristine da Costa Souza
Luma Virgínia de Souza Medeiros
Maraysa Araújo Silva
APRESENTAÇÃO, POSFÁCIOS E NOTAS
Regina Simon da Silva
Miriam Cristine da Costa Souza
Luma Virgínia de Souza Medeiros
Maraysa Araújo Silva
REVISÃO
André Aires
PREPARAÇÃO
Paulo Lannes
COMUNICAÇÃO
Paulo Lannes e Pedro Cunha
CAPA E PROJETO GRÁFICO
Gabriela Heberle

DADOS INTERNACIONAIS DE
CATALOGAÇÃO NA PUBLICAÇÃO (CIP)

Manso, Juana, 1819-1875
A família do Comendador / Juana Manso. --
São Paulo : Pinard, 2021.
Vários tradutores.
Título original: La familia del Comendador
ISBN 978-65-995810-1-4
1. Romance argentino I. Título.
CDD 863
Catalogação na fonte:
Aline Graziele Benitez (CRB 1/3129)

PINARD

contato@pinard.com.br
instagram - @pinard.livros

PINARD

Impresso em dezembro de 2020, durante a pandemia do coronavírus. Neste momento, o número de mortos passa de 115 mil na Argentina e de 610 mil no Brasil.

Composto em
HK GOTHIC E DANTE

Impressão
GRÁFICA PALLOTTI

Papel
LUX CREAM 70g